一笑

古龍著

國際學術研討會

古龍武俠小說 領先時代半世紀

【記者賴素鈴／報導】江湖代有才人出，這廂古龍凋零二十載，那廂今朝懸賞百萬獎新秀，浪淘不盡，唯有武俠熱愛，不隨時間變易，在學術研討會上更見分明。以「一代鬼才：古龍與武俠小說」爲主題，淡江大學第九屆文學與美學國際學術研討會昨起在國家圖書館，展開爲期兩天的議程，紀念武俠小說家古龍逝世二十周年，新生代學者與古龍故舊齊聚一堂，以文論劍話武俠。

日前與淡大中文系教授林保淳共同發表《台灣武俠小說發展史》，武俠小說評論家葉洪生昨天在專題演講中，直批胡適1959年底發表「武俠小說下流論」是「胡說」，學界泰斗的不當發言以及隨即展開的「暴雨專案」，反而促成1960年起台灣武俠新秀的繁興，「武俠小說迷人的地方，恰恰在門道之上。」，葉洪生認定，武俠小說審美四原則在文筆、意構、雜學、原創性，他強調：「武俠小說，是一種『上流美』。」

集多年心血完成《台灣武俠小說發展史》，葉洪生認爲他已爲從十歲起迷上武俠小說的半世紀畫上完美句點，並且宣布他「以後決心退出武俠論壇，封劍退隱江湖」。

雖然葉洪生回顧武俠小說名家此起彼落，套太史公名言「固一世之雄也，而今安在哉？」，認爲這是值得深思的嚴肅課題，昨天意外現身研討會而備受矚目的溫世禮，則爲了紀念同是武俠迷的哥哥溫世仁，推出第一屆「溫世仁武俠小說百萬大賞」，即日起至今年10月3日截止收件，經兩階段評選後於明年12月7日公布首獎得主，預料將會是一場武林新秀的龍虎爭霸戰。

看明日誰領風騷？風雲時代出版社發行人陳曉林眼中的古龍，其實領先他的時代半世紀，以致如今雖然古龍逝世20年，陳曉林認爲大家對古龍的了解仍然有限，預言未來世代更能和古龍的後設風格共鳴。

昨天這場研討會，也凸顯武俠小說作爲一項文學研究門類，仍有待開發學習空間。多位與會者都指出，武俠小說的發表、出版方式和管道具考證難度，學術理論與論文格式的建立待加強。而武俠名家的版權之爭、市場競爭力，也增加出版推廣困難，古龍武俠小說的版權糾紛、司馬翎作品的版權官司也成爲研討會的場外話題。

與

武俠小說

第九屆文學與美
一代鬼

古龍兄為人慷慨豪邁、跌蕩自如，變化多端，文如其人，且復多奇氣，惜英年早逝，余與古兄當年交好，且喜讀其書，今既不見其人，又無新作可讀，深自惋惜。

金庸

一九九六．十．十一．香港

風鈴中的刀聲（下）

古龍精品集 69

風鈴中的刀聲

(下)

目・錄

第五部　風眼

風眼的意思，就是風的起源處。
當風向外吹的時候，到處都有風，只有風眼裡反而沒有風。

一 秘道的秘密

一

秘道的入口，在墳場旁一大片煤渣子山堆的邊緣下，用一個還沒有開始溶化的大雪人做掩護，雪人有一個圓圓的頭，還有兩個小煤球做成的黑眼睛，在黑暗中看來，還可愛得很，甚至還有點像是個無錫的泥娃娃。

老詹很得意的說：「這是我叫我五個孫子和我煤場裡那些小工的家眷連夜堆出來的，因為堆的紮實，所以雪才沒有溶。」

把雪人的屁股鏟掉一大半，秘道的入口就露出來了。

老詹又解釋。

「反正天氣已經開始要暖起來了，不管多大的雪人忽然在一夜間不見，也不會有人注意。」

雪人的屁股下面坐著的是一塊青石板，移開青石板，才能看見真正的入口。

看起來那雖然只不過是個黑洞而已，可是這個黑洞，牧羊兒已經覺得很滿意了。

這個老詹實在是個老奸，就憑他設計這個秘道的入口，就已經夠資格問人要一千兩金葉子和一個長腿的年輕女孩。

連牧羊兒都不能不承認這一點，老詹當然更不可不誇耀一下自己。

「這堆煤渣子後面，就是這次韋大人臨時設定的法場，所以我挖的這條地道並不長，經過了這件事之後，這條地道也沒有用了，所以我挖的也不深。」

他一定要先把自己的功勞用一種很謙虛的方法說出來，才能讓人更加深對他的印象。

「這條地道雖然又淺又短，可是我的馬車還沒有轉過頭，你就已經到了你要到的地方了。」老詹說：「而且一定能看到你想看的事。」

他還要強調一點，最重要的一點：

「一刀砍下，人頭落地，韋大人退，監斬官退，劊子手退，護衛退，大家都退走了，這裡又變成了一個連兔子都不來拉屎的煤球場，只剩下我這個爹爹不疼姥姥不愛的小總管還待在這裡，到了那時候，你說你要三更走，我還能留你到四更嗎？」

這些話聽起來真過癮。

老詹愈說愈過癮，牧羊兒愈聽愈高興，忽然又從身上掏出了一疊金葉子，用兩隻像雞爪一樣的小手，恭恭敬敬的捧到老詹面前。

老詹反而有點狐疑了：「你這是什麼意思？」

「我什麼意思都沒有，我只不過佩服你，我這一輩子也沒有想到我會碰到你這麼一位精明老練的人，這一點金子，只不過表示我一點點敬意而已。」

別人的敬意可以不接受，金子卻是很難拒絕的，只不過老奸巨猾如詹管事，還是難免有點過慮。

「那個小長腿呢？」

「她還在車上。」牧羊兒說：「我下地道，你老人家就上車。」

老詹笑得嘴巴都合不攏了，想不笑都不行，牧羊兒只不過又問了他一句。

「地道下面沒有問題吧？」

「當然沒有。」老詹指天起誓：「如果有一點問題，你操我祖宗。」

二

所以牧羊兒就下了地道，老詹就上了車，他在想，想到了那個長腿細腰的小女孩，一上車，就等於上了天。

他聽說過，有很多女人都可以將男人帶入天堂般的極樂之境。尤其是有這麼樣一雙長腿的女人。

現在他只想看看她的臉。

他沒有看到她的臉，永遠都看不見了，因爲他一上車，這雙他一心渴望著的長腿已絞住了他的脖子，將他絞入了地獄。

三

午時已過。

所有的衛士都已驗明正身，絕沒有一個冒名頂替的人。

法場上一片肅靜，除了羊皮靴踩到煤渣子時發出的腳步聲外，完全聽不見別的聲音。監斬官繞著法場查了三遍，只有第一次經過那個已經被封閉的磚窯時曾經停頓了一下，其餘的時候都走得很快。

但是韋好客確信這附近只要有一點可疑之處，都絕對逃不過他那雙其中也不知累積了多少智慧和經驗的銳眼。

現在他已經坐了下來，坐在那張特地爲他準備的交椅上。

衛士們雖然都認不出這位監斬官是誰，但是每個人都被他那種懾人的氣勢所奪，這些也曾身經百戰出生入死過的健漢，竟沒有一個敢大聲呼吸的。

只有韋好客壓低聲音問：「怎麼樣？」

監斬官眼中兇光四射，一張瘦骨稜稜的臉上卻全無表情，只冷冷的說了句：「現在你已經可以將人犯解來了。」

四

丁寧挺胸、抬頭，在前後八名衛士的護守下，大步走入了法場。

他已下定決心，絕不讓心裡的情感流露到臉上，絕不讓任何人在他臨死前看到他的憤怒和悲傷。

他還年輕，還有很多事要去做，就這麼樣不明不白的死在這裡，實在死得太冤。

但是他自己也知道自己死定了。

自從他發現韋好客用來綁住他的繩子是用金絲纏絞之後，就知道自己死定了。而且是死在他一直以爲會救他的朋友手上。

——這是種多麼大的諷刺。

可是既然要死了，就得死得光榮，死得驕傲，就像他活著的時候一樣。

所以他走入法場時，他的神情和態度就像是走入他自己的客廳一樣。

可是一直冷如刀鋒青如磐石的監斬官看到他時，眼睛裡卻忽然露出種非常奇怪的表情，甚至連姜斷弦都注意到了。

姜斷弦恰巧就在這一刹那間走進了法場。

五

姜斷弦穿一件緊身密扣的灰布衣服，顏色的深重幾乎已接近黑色。

這是他們這一行在執刑時傳統的衣著，無論什麼樣的人穿上這種衣服，都會給人一種陰沉肅殺的感覺，幹這一行的人也很明瞭別人對他的感覺，所以一向都很少跟別人親近。

姜斷弦就是一個很好的例子。

無論他走到什麼地方，都會有一種被孤立、被遺棄的感覺，只有在法場上，在鋼刀砍落的那一瞬間，他才能得到解脫。

他走上法場時，監斬官正在驗明丁寧的正身。

姜斷弦沒有聽見他們在說什麼，因爲他看到這位監斬官時，眼中也露出種極奇怪的表情，幾乎和監斬官看到丁寧時的表情完全一樣。

他腦中忽然展現出一捲曾經看過的資料，有關這位監斬官的資料，資料上記載的並不詳細，像這麼樣一個人，身世當然是極奇密的，所做的事，當然也需要絕對保密。

在這種情況下，有關他的資料當然不會詳盡，姜斷弦可以確定的。

這個人的姓名誰也不知道，就連少數幾個極有資格的消息靈通人士，也只知道他一個秘密的代號。

——風眼。

風眼的意思，就是風的起源處，當風向外吹的時候，到處都有風在吹，只有風眼裡反而沒有風。

所以無論任何地方有他坐鎮，都會變得平靜安穩，外面的風雨絕對吹不到裡面來，因爲這個地方已經變成了一個「風眼」。

如果要在江湖高手中列舉二十個最可怕的人，這個人一定是其中之一，如果列舉十個最可怕的人，這個人也可能是其中之一。

姜斷弦確信這一點，所以他曾經告誡過自己，不到萬不得已時絕不要和這個人正面交鋒。

今天他們雖然已經正面相遇了，卻是站在同一邊的，絕不會有任何衝突。

在這種情況下，姜斷弦看到他的時候，神色爲什麼會那麼奇特？

是不是因爲他從未想到會在這裡看到這個人，就正如這位監斬官也從未想到在這裡會看到丁寧，所以兩個人眼中才會露出同樣的表情？

知道了這位監斬官的身分之後，姜斷弦心裡又有了一點疑問，法場的防衛雖然很嚴密，甚至可以說密不透風，可是姜斷弦卻已經覺得有人在暗中潛伏，潛伏在某一個極隱密之處。

這是一種接近野獸般的直覺告訴他的，以風眼昔日的成績和經驗，當然也應該和他同樣有這種感覺。

可是風眼卻好像完全沒有覺察到。

——這是他的疏忽？還是他故意留下的陷阱？

從丁寧的背影，姜斷弦已經可以看出他的體力還很衰弱，功力也絕對沒有復原。

經過了那麼長久的痛苦折磨後，要復原當然需要一段時間。

以他現在的體力，就算有人鬆掉他的繩綁，他也絕對沒有法子逃出去的。不管以前的丁寧是個多麼可怕的刀手，現在恐怕三、兩個衛士就可以制他的死命。有這位監斬官在法場上，也沒有人能把他救走。

這時候丁寧已經轉過身面對著他，眼中帶著種說不出的譏誚輕視之意，姜斷弦當然明白他心裡的想法，卻假裝看不出。

兩個人冷冷的互相凝視著，過了很久，丁寧才開口，聲音裡也帶著同樣的輕視和譏誚。

「彭先生，這一次你總算如願以償。」丁寧說：「這一次我好像已必將死在你的刀下。」

「是的。」姜斷弦的臉上毫無表情：「好像是這樣子的。」

「不管怎麼樣，能死在你的刀下，也算我平生一快。」丁寧淡淡的說：「那至少總比被一個廚子用菜刀砍死的好。」

姜斷弦好像還是完全聽不出他話中的譏刺，只告訴他：「無論你要說什麼都無妨，我一定會等到你的話說完了才出手。」

丁寧笑了：「這是不是你對我的恩惠？」

姜斷弦居然承認：「是的，這的確是件恩惠，我一向很少如此待人。」他的神情冷酷而嚴肅：「我一生從來不願施恩給別人。」

丁寧忽然問：「如果你欠別人的呢？你還不還？」

姜斷弦沉默。

有些話根本不必回答，沉默已經是最好的答覆。

「你既然不願別人欠你，當然也不願意欠人，對於這一點，我一直深信不疑。」丁寧說：「所以我現在才會要求一件事，就正如我也曾經答應過你的要求，爲你做過一件事。」

「你要我做什麼？」

「我知道犯人受刑，都要跪下，可是我要你爲我破例一次。」

丁寧一個字一個字的說。

「無論死活，我都不願跪下。」他說：「要死我也要站著死。」

姜斷弦本來已經很陰暗的臉上，彷彿又多了重陰霾，過了很久才能開口說話，只說了三個字：「我無權。」

「我知道你無權做此決定，不管你平時是個什麼樣的人，此時此刻，你只不過是個劊子手而已，除了揮刀殺人之外，無權做任何決定。」

這一次丁寧的話中並沒有譏誚之意，只不過在述說一件事實，姜斷弦眼中反而有了一抹極難覺察的痛苦之色，彷彿有尖針刺心。

「所以我剛才已經問過監斬官，他已經把這件事授權於你。」丁寧盯著姜斷弦：「我相信你並不一定要殺一個跪著的人，也不一定要我跪著才肯揮刀。」

他的眼睛裡忽然充滿了期望：「這是我最後的要求。」

「我相信你一定會答應的。」

姜斷弦沒有回答這句話，目光忽然越過了丁寧的肩，直視那位監斬官。

「風眼」的厲眼也正在直視著他。

兩個人都已明白對方對自己的瞭解也和自己對他的瞭解同樣深刻。

先說話的是監斬官：「刑部總執事姜斷弦，五十四歲，祖籍大名府，寄籍西皇城，接受大小差使一向稱職，現官從五品，領御前帶刀護衛缺。」他問姜斷弦：「對不對？」

「對。」

「這是你在官方的履歷，我對你這個人知道的當然還要多一點。」

「哦？」

「我們好像還曾經見過一次。」

「是的。」姜斷弦終於說：「七年前，我們曾經在巴山的迴風山莊舞柳閣見過一次。」

監斬官眼中露出一股冷酷慘厲的笑意：「想不到你對這件事也記得這麼清楚。」

姜斷弦眼中也有同樣的笑意。

「想不到那一次你已經注意到我。」

「那一次你一出現在人叢中，我就已注意到你，而且很快就認出了你的來歷。」監斬官說：「我相信你一定也很快就認出了我。」

「怎見得？」

「因爲那一次你本來是要去對付顧道人的，你好像決心不讓他接掌巴山的門戶，可是你看見我之後，很快的就從人叢中消失了。」

姜斷弦陰沉沉的笑了笑。

「不錯，我的確是因爲認出了你才退走的，因爲我沒有對付你的把握。」姜斷弦說：「我也不想結下你這樣的大敵強仇。」

「我明白你的意思。」監斬官說：「站在你敵對的一方，也同樣不是件愉快的事。」

「我承認。」

「幸好我們今天是站在同一邊的。」監斬官說：「做你的朋友實在比做你的對頭愉快多了。」

「是的，我的看法也一樣。」

姜斷弦冷冷的看著這位監斬官，用一種出奇冷淡的聲音說：「只可惜我們永遠不會是朋友。」

六

金樽已將飲盡，慕容秋水也已有了幾分酒意，帶著微笑向韋好客舉杯。

「韋先生，我算的事是不是全部算對了，你是不是應該敬我一杯？」

韋好客沒有敬他的酒，眼中卻有了敬意。

慕容秋水大笑：「我知道你是佩服我的，因爲你根本就不能不佩服我，連我都不能不佩服我自己。」

他得意不是沒有理由的。

「我算準風眼和姜斷弦是天生的對頭，我也算準了丁寧一定不肯跪下來挨刀。」他問韋好客：「你看我是不是都算準了？」

——丁寧一定要站著死，他的屍首送回去時，他的親人朋友才會認爲他是被姜斷弦刺殺的，而不是授命執刑。

這其中當然有很大的分別，沒有人會找一個執刑的劊子手報仇。

站著死和跪著死當然也有很大的分別，從刀鋒砍入的方向和傷口的角度上都可以看得出來。

慕容秋水的確把這個計畫中每一個細節都算到了，也不知道是不是因爲他空閒的時候太多，所以才會有那麼縝密的思想。

不管怎麼樣，韋好客對他實在是不能不佩服，卻故意裝得冷淡的說：「你還是算錯了一件事。」

「哪件事？」

「你算準花景因夢今天一定會來，所以才特地把風眼找來對付她。」

「不錯。」慕容秋水說：「沒有人能比風眼更瞭解因夢，除了他之外，恐怕再也找不出第二個人能對付這個難纏的女人了，老實說連我都對付不了她。」

慕容嘆著氣說：「我簡直有點怕她。」

韋好客問慕容：「你是不是也說過如果因夢要來誰也阻止不了？如果她來了誰也找不到？」

「是的。」慕容說：「可是只要她一來，就逃不過風眼的掌心；就算天下沒有別人能夠找到她的行蹤，風眼還是可以找得到。」

「如果你說得沒錯，你就錯了。」

這是句很難聽得懂的話，所以韋好客又解釋：「你算準她要來的，只要她一來，風眼就會知道，可是風眼根本沒有發現她的蹤影，可見她根本沒有來，所以你就錯了。」

他居然還要補充：「如果她來了而沒有被風眼發現，你也一樣錯了。」

慕容秋水忽然像得了急病一樣，開始呻吟了起來，而且雙手抱住腦袋，好像頭痛得要命。

這倒並不完全是假裝出來的，聽到韋好客這些話還能夠不頭痛的人實在不多。

這些話說的簡直像繞口令。

「韋先生，我錯了，我承認我錯了，你能不能饒了我，能不能不要讓我再頭痛？」

韋好客的確是個讓人頭痛的人，慕容真的對他很頭痛，可是和現在剛出現的一個人比起來，韋好客只不過是個乖寶寶而已。

這個人當然就是花景因夢。

她沒有去法場，卻出現在這裡，忽然間就像是一個白色幽靈出現了。

七

刀出鞘。

烏亮的刀鋒，漆黑的刀柄，刀環上沒有繫血紅的刀衣，雖然缺少了一股威風和剽勁，卻多了一股沉重的肅殺之意。

姜斷弦反把握刀，正視丁寧。

丁寧並沒有避開他的目光。

姜斷弦雙臂環抱，刀鋒平舉向外，法場上聲息不聞，連風聲都彷彿也已和人的呼吸一起停止。

春寒料峭，無風時比有風時更冷，姜斷弦的眼睛像是釘子，盯住了丁寧，聲音也像是釘子，如敲釘入石般說出了三個字。

「請轉身。」

一轉身刀鋒就要推出，一轉身人頭就要落地，一轉身間，就是永恆。

丁寧沒有轉身，他並不怕面對死亡，只不過他還要問姜斷弦一句話。

「你為什麼要我轉身？」丁寧問：「難道你面對著我就不敢殺我？」

姜斷弦再次沉默。

受命執行，犯人面朝天廷下跪，劊子手手起刀落，眼見人頭滾地，心裡非但毫無歉疚，甚至連一點感覺都沒有。

對他來說，這種事只不過是件必須執行的任務，一種謀生的職業和技能而已，就好像一個屠夫每天都要宰殺豬犬牛羊一樣。

高手相爭，決生死勝負於剎那之間，憑一時之意氣，仗三尺之青鋒，勝者生，敗者死，生榮死悲俱無怨言。

眼看著對方死於刀下，心裡或許會有一點兔死狐悲的傷感，但是很快就會被勝利的光榮和刺激所替代，有時候甚至還會有一點殘暴的快感。

這種感覺也是無法避免的，這本來就是人類本性中「惡」的一面。

對江湖中人說來，一劍單騎，快意恩仇，無求於人，無愧於心，就是真正的男兒本色。

可是要你去殺一個毫無反抗能力的人，那就完全是另外一回事了。

這種事是大多數人都做不出的。

就算這個人是你非殺不可的人，和你有數不清的新仇舊恨，在他眼睜睜的看著你，毫無逃避掙扎反抗的餘地時，你怎麼能動你的刀？

姜斷弦沉默。

他沉默，只不過說他既沒有言語，也沒有出聲，並不是說他沒有動。

他的動作根本不需要言語，也不會發出任何聲音，尤其是在他動刀的時候。

他的刀揮出時，非但無聲，甚至無形無影。

非但無聲無形無影，而且無命。

——一刀在手，對方的性命已經危如懸絲，一刀揮出，哪裡還有命在？

現在姜斷弦已經動了他的刀。

這時候正是三月十五的午時三刻。

春雪初落，天氣晴朗而乾冷，這一天真是殺人的好天氣。

二　遊女・遊魂・遊絲

一

一刀揮出，斷的居然不是頭。

二

金樽已將飲盡，尙未飲盡。因夢用一雙十指纖纖的蘭花手，爲自己倒了一杯鬱金香，琥珀色的酒，春蔥般的手，人如白色山茶，一張嘴卻又偏偏紅如櫻桃。

這是一幅多麼美的圖畫，只要是一個稍微有一點想像力的人，都應該可以想像得到；慕容秋水無疑是個非常有想像力的人，可是在他眼前出現的卻是另外一幅圖畫。

他看到的纖纖十指不是蘭花，而是十根尖尖的椎子，他看到的紅色不是櫻桃，而是鮮血。

他唯一沒有看見的是——他沒有看見血是從哪裡流出來的。

因夢舉杯，淺淺的啜了一口，輕輕的嘆了口氣，然後才說：「慕容，你實在是個有福氣的人，又有權，又有勢，又懂得享受，不但英俊瀟灑，而且年少多金。」她問慕容秋水：「你知不知道你這一杯酒已經可以換別人的一年糧食了？」

慕容微笑。

因夢到這裡來當然不是爲了來對他說這些話的，他的奢侈每個人都知道，她現在本來應該在法場裡。韋好客和他都想不通她爲什麼會到這裡來？來幹什麼？可是他們都能沉住氣不開口。

他們都相信因夢自己一定會說出來的，想不到她接下去說的話，還是和丁寧完全沒有關係。

「像你這樣的男人，已經足夠讓女人著迷，何況你還有一樣最大的本事。」

「什麼本事？」

「你會騙人，尤其是女人。」因夢嘆息著說：「連我這樣的女人都被你騙了，還有什麼樣的女人你騙不到？」

慕容依舊微笑。

「你答應過我不到日子，絕不讓丁寧死的。現在呢？」

——現在午時三刻已過，丁寧當然已經死在姜斷弦的刀下。

因夢又說：「奇怪的是，你雖然騙了我，可是我一點也不生氣。」

她真的不生氣，非但不生氣，反而好像覺得很愉快的樣子。

這確實是一件怪事。

「你知不知道我為什麼不生氣？」因夢問慕容：「你知不知道我為什麼不到法場去？」

「我不知道。」

因夢吃吃的笑了，又斟酒，又乾杯，又笑，笑聲如銀鈴。

「你當然不知道，如果我不說出來，你永遠都不會知道的。」

「那我倒不著急，因為我太瞭解你了。」慕容笑得也同樣愉快！「我相信你一定會說出來的，想要你不說都很困難。」

「哦。」

「這件事你一定做得很得意，如果你不說出來，不讓我知道豈非很沒有意思？」

「你說對了，我當然一定要告訴你，否則我晚上怎麼睡得著覺？」

因夢再乾一杯，卻不再笑。

「我不到法場去，因為根本不必去。」

因夢說：「我不生氣，因為應該生氣的並不是我，而是你。」

「那你就錯了。」慕容還在笑：「我這個人最大的好處，就是一向很少生氣。」

「可是我保證你會生氣的。」因夢說：「不但會生氣，而且氣得要命。」

「哦？」

「一個自己認為絕對不會做錯事的人，如果做錯了一件事，而且錯得很厲害。你說他會不會生氣？」

「難道你是說我做錯了一件事？」慕容反問：「我做錯了什麼事？」

「刑部裡有資格的劊子手很多，可是你卻一定要請姜斷弦來執刑。」因夢說：「本來我一直都不明白你為什麼要這樣做。」

「現在你已經明白了？」

「嗯。」

「你能不能告訴我？」

這本來是件很複雜的事，可是因夢只用幾句話就說得很明白。

「姜斷弦殺丁寧，丁家的人殺姜斷弦，我不想讓丁寧死得太快，我劫法場，風眼殺我，你殺風眼，大家死光，只有你依舊逍遙自在，這個計劃本來的確好極了。」因夢說：「只可惜你做錯了一件事。」

她又補充。

「你也應該很瞭解我，我天生就是個喜歡爭強好勝的人，而且脾氣又臭又硬，說出來的話從無更改。」因夢說：「所以你算準我一定會去劫法場，也算準風眼一定不會放過我。」

她說：「可是你看錯了一個人。」

慕容秋水忍不住問她：「我看錯了誰？」

「姜斷弦。」

慕容秋水聽到這句話的時候，本來還在笑的，然後笑容就漸漸的消失，然後他的臉色就忽然在一瞬間變為鐵青僵硬。

因為他忽然發現他實在不瞭解姜斷弦這個人。

他只知道姜斷弦是世襲的刑部執事，是個資深的劊子手，經驗老到，落刀奇準。

他也知道姜斷弦就是近十餘年來，江湖中最神秘可怕的刀客彭十三豆。

可是他現在忽然發現，他對姜斷弦這個人所知道的，只不過是一些外表的形象而已，而且只不過是一些很表面化的形象。

對於姜斷弦這人內心的思想和內在的性格，他根本一無所知。

把一個自己一無所知的人，用為自己計劃中最重要一個環節，這是件多麼可怕的事？

慕容秋水忽然又想要喝酒了，只可惜最後的一杯酒已被因夢飲盡。

因夢一直都在看著他，眼中那種譏誚的笑意，就好像他在看別人時那種眼神一樣。

他手中已被倒空的酒樽，也彷彿變得比傾滿美酒更重得多。

他知道他一定犯下了一個很嚴重的錯誤，他一向都知道，每一個錯誤都可能是致命的錯誤，不管這個錯誤的大小都一樣。

「你對姜斷弦這個人知道的有多少？」慕容問因夢。

「我對他知道得並不多。」因夢說：「可是我至少知道的比你多一點。」

「哪一點？」

「我至少知道他絕不會殺丁寧。」

因夢說：「如果兩人對刀，只要他有機會殺丁寧，必殺無疑，可是在今日這種情況下，他一刀斬落，斬的絕對不會是丁寧的頭。」

一刀揮出，斷的居然不是頭。

花景因夢用一種非常溫柔的態度，把一件非常殘酷的事實告訴慕容秋水。

「如果我算得不錯，你就慘了。」她說：「不幸的是，這一次我是絕對不會算錯的，因爲我已經把姜斷弦這個人徹底研究過。」

慕容的笑容已完全消失。

他知道因夢並不是在恐嚇他，如果丁寧真的能夠不死，那麼他就真的要慘了。

「其實你也應該知道姜斷弦是個多麼自負的人，他以彭十三豆的身分出現在江湖之後，大小數十戰，只敗過一次，就是敗在丁寧的手下。」因夢說：「以他的性格，怎麼肯在這種情況下殺丁寧？」

她說：「如果他這一次救了丁寧，再安排時地與丁寧決一死戰，就算再敗一次也一樣能博得天下英雄的佩服尊敬，否則他縱然能將丁寧立斬於刀下，別人也一樣會對他恥笑辱罵。」

這一點慕容秋水也明白，有個性的江湖男兒，確實是不會做這種事的。

他不能不承認這一點確實是他的疏忽，任何一點疏忽都足以造成致命的錯誤。

韋好客卻在冷笑。

「我相信。」他說：「我相信姜斷弦這一次很可能不會殺丁寧，可是我絕不相信今天有人能把丁寧救出法場。」

「你的意思是不是說，就算姜斷弦不殺丁寧，丁寧今天還是死定了？」因夢問。

「是的。」韋好客的回答充滿自信：「我的意思就是這樣子的。」

他冷冷的接著說：「我相信你一定已經看到了風眼。」

因夢嘆了口氣說：「是的，我看到了他，他老了很多。」

「雖然老了，卻仍未死。」韋好客說：「只要他不死，丁寧今日就休想活著離開法場。」

慕容秋水的心情又比較好一點，他相信韋好客說的也不是假話。

以丁寧現在的體力，隨便派三、兩個衛士就可以把他解決掉，根本用不著風眼出手。

有風眼在，當然更萬無一失。

如果他不在，姜斷弦如果想帶丁寧走，也許還有機會，以姜斷弦的武功，就算手裡抱著一個人，衛士們也擋不住。

風眼卻可以在任何一種情況中把他留下。

慕容臉上又露出了微笑，態度又變得極溫柔優雅，微笑著對因夢說：「我知道你說的話不假，只可惜我算來算去，還是算不出你的那位公子在哪一種情況下，才能夠活著離開法場。」

因夢也笑了，也用同樣溫柔優雅的笑容對慕容秋水說：「我也知道你說的不是假話，只不過我還是想跟你打一個賭。」

「打什麼賭？」

因夢將杯中的殘酒一口飲盡，輕輕的放下酒杯，直視著慕容秋水，一個字一個字的說：

「我賭丁寧現在已經活著離開了法場。」

現在已經過了午時三刻，就算姜斷弦那一刀砍下時，並沒有砍斷丁寧的人頭，丁寧要活著離開法場還是難如登天。

無論任何人從任何角度去想，他都連一點機會都沒有。

慕容秋水也在直視著因夢，過了很久，才一個字一個字的問：

「你賭什麼？」

「我知道你是個好賭的人，有一次只爲了別人賭你絕不可能跟他的小老婆上床，你甚至不惜用你的兩條腿作賭注。」因夢問慕容：「有沒有這回事？」

「有。」

「你常常都賭得這麼大，這一次我跟你賭小的，你一定會不高興的。」因夢柔聲說：「像你這麼可愛的人，我怎麼能讓你不高興？」

說完了這句話，她就做出了一件讓人很難想像到她會做出來的事。

她忽然掀起了她那件雪白的長裙，露出了她那雙雪白的腿。

然後她才問慕容：

「你看我這兩條腿，是不是勉強可以比得上你的一條腿了？」

「你是不是想用你的兩條腿賭我的一條腿？」

「是的。」

慕容臉上的笑容並沒有完全消失，因爲在它還沒有消失之前就已凍結、僵硬。

他非常瞭解因夢，沒有把握的事，她是絕對不會做的。

——這一次她憑什麼有把握敢斷定丁寧能生離法場？

慕容忽然發現自己的掌心在冒冷汗。

「你究竟賭不賭？」因夢在催促：「我不能再等了，再等下去，你就已經知道結果，還賭什麼？」

她說：「不管你賭不賭，我都要你立刻就回答我，在我數三的時候就回答我。」

她立刻就開始數，數得很快，慕容秋水卻完全僵住。

他好賭，而且敢賭，他確信丁寧連一點機會都沒有，可是「我賭了」這三個字，他硬是沒法子從他嘴裡說出來。

因爲他忽然從因夢的眼神中發現了一件他從來不願承認的事。

——這個女人彷彿已經掌握了某一種神秘的力量，能夠將他完全摧毀。

因夢的時限已到，「三」字已說出口，慕容卻連一個字都還沒有說出來，只不過彷彷彿彿的好像聽見一個人在很遙遠的地方，替他說了他想說而沒有說出口的三個字。

「我賭了。」

這三個字是韋好客說出來的。

「我賭了。」他用一種雖然有點嘶啞，但卻非常堅定的聲音說：「慕容不賭，我跟你賭了。」

對於這件事，他還比慕容更有把握。他敢賭，當然是因爲他確信自己絕不會輸。

三

「請轉身。」

姜斷弦將這句話重覆一次，丁寧終於轉身，天色一片空冥，他的臉色也如天色。

——在臨死前的這一瞬間，他心裡在想什麼？是在想他的親人、朋友、情人？還是在想他的仇敵？是在想他這一生中所經歷的歡樂？還是在想他的痛苦、悲傷和不幸？

——也許他心裡什麼都沒有想，也許他的靈魂已經飛入了另外一個世界。

這時候姜斷弦的刀已經動了。

他反把握刀，橫肱外推，正是他獨門刀法的標準姿態，也是他獨特的標誌。

這一刀推出，人頭立刻落地，從無倖免，也從無例外。

只有這一次——

這一次他的刀鋒並沒有推向丁寧的後頸，卻以刀背去挑反綁在丁寧後背的金絲絞索。

他的臂斜抬，刀挑絞索，將丁寧的人也挑了起來，右肩上的肌肉突然墳起，全身的力量都已經在這一瞬間集中到他的右臂。

也就在這一瞬間，丁寧的人已經被這一挑之勢帶動得飛了出去，就像是一隻風箏般飛了出去，飛過了監斬官的法案，越過燒煤的窯。

幾乎也就在這同一瞬間，窯上的煙囪口裡，忽然飛出了一根長鞭，鞭梢毒蛇般捲住了丁寧的腳，把他硬拉入煙囪裡。

煙囪不大，丁寧就好像是被一隻看不見的手硬拉進去的，可是一沒入煙囪，立刻就看不見了。

從姜斷弦推刀，到丁寧沒入煙囪，所有的動作幾乎都是一眨眼之間所發生的。

然後才有驚怒叱聲，然後才有人驚動拔刀。

姜斷弦的刀出鞘，手把反轉，橫刀斜舉，刀鋒在陰冥的穹蒼下看來更陰森肅殺可怖。

「請不要動。」姜斷弦的聲音比刀鋒更冷：「誰動，誰死！」

有三個人動了，兩個人撲向燒窯，一個人撲向姜斷弦。

三聲慘呼都很短促，因爲慘呼聲還沒有完全呼出來，氣就斷了。

三個人從不同的方位撲出去，撲向兩個不同的目標，卻在一瞬間同時死於姜斷弦的刀下。

這一刀的威力和速度，委實讓人很難想像。

沒有人動了，沒有人還敢動，姜執事的刀法早已名動九城，親眼看到後，才知道果然名下無虛，還有誰願意送死？

只有一個人。

一直聲色不動端坐不動的監斬官，現在卻慢慢的站了起來，繞過桌子走出去，走到距離姜斷弦只有六、七尺才停下。

這種距離正好是他們這樣的高手，在一擊間就能致人於死命的距離。

兩個人互相凝視，雖然也和那些衛士們一樣都沒有動，可是情況卻是完全不一樣的，給人的感覺也完全不一樣。

他們靜立對峙，就好像箭在弓弦，一觸即發，又好像兩隻對峙的野獸，全身都充滿了危險和殺機。

那些衛士看來卻只不過像是一個個木偶而已。

天色忽然變得更陰暗，人的臉色看來也更陰暗。監斬官凝視著姜斷弦，輕輕的嘆了口氣。

「想不到這次我們又不是站在同一邊的。」

「我早就告訴過你，」姜斷弦說：「我們永遠都不會是朋友。」

四

一直到姜斷弦和監斬官的決戰之前，這件事從頭到尾柳伴伴都親眼目睹。

根據她以後對她一個密友的敘述，她的說法是這樣子的：

——她說的話當然要從她絞殺詹總管，進入地道之後開始。

「地道的盡頭是個非常陰冷潮濕黑暗的地方，而且充滿了一種燒焦了的氣味。」伴伴說：「後來我才知道那個地方是個燒煤的窯。」

她說。

「那個窯是用火磚砌成的，有兩塊磚之間，不知道在什麼時候被人挖出了一條縫，從這條縫裡看出去，外面就是法場。」

「這個法場雖然很簡陋，可是警衛森嚴，法場上的每個人都帶著一種殺氣騰騰的樣子，如臨大敵，尤其是那個監斬官，我這一輩子都沒有看見過這麼陰沉可怕的人，他走進法場的時候，連天色都好像變了。」

「他剛坐下，丁寧就來了，看起來居然樣子很好，好像並沒有把生死放在心上。」伴伴嘆了口氣：「丁寧這個人，就是這個樣子的，好像從來沒有把任何事放在心上。」

——其詞若有憾焉，其實心乃喜之。

伴伴在說這句話的時候，聽的人立刻就可以瞭解她對丁寧的感情。

「最後走入法場的是姜斷弦，慕容秋水和韋好客居然都沒有來。」

伴伴接著說下去。

「我想他們大概也不好意思眼見一個本來就是他們好朋友的人，頭顱被砍下。後來發生的事，就是我想不到的了。我作夢也想不到，姜斷弦居然沒有殺丁寧，反而用刀把他挑飛，就在這時候，牧羊兒忽然把他的長鞭從煙囪裡飛捲出去，把丁寧從煙囪裡捲了進來。」

姜斷弦推刀和牧羊兒揮鞭，配合得真是好極了，就好像兩個已經在一起練習過很多次。

聽到這裡的時候，她的朋友才問她：「然後呢？」

伴伴說：「然後牧羊兒就立刻要我拖著丁寧走出祕道，坐上詹總管的那輛馬車，離開了墳場。」

「那時候丁寧還被反綁住，功力也還沒有恢復，臉色更難看。」伴伴說：「我瞭解他的心情，他寧願落在姜斷弦刀下，也不願死在牧羊兒手裡。」

五

丁寧心裡的想法的確就是這樣子。

——姜斷弦爲什麼不殺他？他多少還可以瞭解到這一點，可是他實在想不通姜斷弦爲什麼要把他從那個方向挑出去？就好像已經很精確的計算過，特地要讓他越過那個煙囪。

——難道他和牧羊兒是早就約好的了？難道他們對他還有更惡毒的計劃？

丁寧心裡不但混亂，而且有一種說不出的憤怒、恐懼和屈辱。

像牧羊兒這種人，在他心目中，只不過是一堆渣滓而已。

可是現在他只有任憑這個渣滓擺佈。

牧羊兒一直在注意著他臉上的表情，一直在不停的吃吃的笑。

「我知道你心裡在想什麼？」牧羊兒說：「你心裡一定在猜想，不知道我會用什麼法子來對付你？」

他得意的大笑：「你永遠都猜不出的，因爲你跟我不同，你是個好人，我卻是個瘋子，像我這種瘋子做出來的事，你連作夢都想不到。」

他忽然一把揪住柳伴伴的頭髮，把她拖了過來。

「可是你只要看看這位小姐的樣子，你多少總可以想像到一點了。」

丁寧幾乎忍不住要嘔吐。

他實在想不到這個淫猥的瘋子曾經對這個女孩做過什麼事，他連看都不忍去看她。伴伴的心幾乎已經被撕裂了，爲了丁寧，她不惜去做任何事，不惜犧牲一切，可是丁寧卻好像根本不認得她這個人。

「現在我可以告訴你我要用什麼方法對付你。」牧羊兒說：「我要把你關在一間很舒服的小屋子裡，每天餵你吃七、八斤豬油，把你養得像一條超級肥豬那麼胖，胖得連肚子上的肥肉都可以一直垂落在地上。」

他又大笑：「那時候我就會好好的把你放出去了，讓江湖中人都來看一看，風流瀟灑的丁公子，究竟是個什麼樣子的人。」

丁寧連脊椎裡都冒出了冷汗。

他知道牧羊兒這種人只要說得出，就能做得到，不管多卑鄙下流醜惡的事都做得到。

伴伴當然更明瞭這一點，她忽然撲過來，一口往牧羊兒後頸的血管咬了下去。

牧羊兒既沒有回頭，也沒有閃避，只是一巴掌打了出去。

他的手又瘦又小，就像是個發育不全的小孩子，他連眼角都沒有去瞟伴伴一眼。

可是他一巴掌打出去，正好就打在伴伴嘴角上，伴伴被他這隻小小的手打了一下，就好像被人用大鐵鎚子捶了一下。

伴伴後來對她那位親密的朋友說：「那時候我心裡只有一種想法，我想這一次我們真的完了，我和丁寧都完了，都糊裡糊塗掉進了一個萬劫不復的地獄裡，永世都不得超生。」

「後來呢？」她的朋友問：「後來是不是又發生了什麼想不到的事？」

「後來發生的事，我的確沒有想到，」伴伴說：「我連做夢都沒有想到，奇蹟就在那時候出現了。」

就在那時候，姜斷弦忽然出現了。忽然出現在他們那輛馬車裡。

看見了姜斷弦，牧羊兒就忽然變得像是一隻羊，忽然就縮成了一團。

「你老人家要我做的事，現在我都已做到了。」牧羊兒對姜斷弦說：「現在丁寧全身上下從頭到腳都是你老人家的了。」

姜斷弦冷冷的看著他，過了很久，才冷冷的說：「我從來不殺不是人的人，可是今天我卻要破例一次。」

「後來呢？」

聽到這裡，那位親密的朋友才問伴伴：「後來姜斷弦是不是真的殺了牧羊兒？」

「當然是真的。」

伴伴說：「本來我根本沒有看見姜斷弦手上有刀，只看見他的手臂往外輕輕一推，牧羊兒的人就往車子外面飛了出去，等到他的人看不見之後，才看見有一股鮮血標了進來。」

她說：「後來我才知道，牧羊兒潛入法場，完全是姜斷弦在幕後安排的。」伴伴說：「姜斷弦知道丁寧的體力絕不會恢復得這麼快，縱然他不殺丁寧，丁寧也沒法子逃出去。」

「所以他就安排了牧羊兒這條伏線，做丁寧的退路。」

「姜斷弦這一生中最大的願望，就是要將丁寧刺殺於他的刀下，在一場公公平平的決鬥中，憑自己的武功，將丁寧刺殺於刀下。」

「在這次決鬥之前，他不但要丁寧活著，而且要活得很好。」

「牧羊兒既然知道了姜斷弦的秘密，當然非死不可。」伴伴恨恨的說：「只可惜他只死了一次，我真恨不得他死一千次，一萬次才好。」

她的朋友嘆了口氣。

「現在我才明白花景因夢爲什麼不讓丁寧死了。」這位朋友說：「她一定也跟你和牧羊兒一樣，把丁寧恨得入骨，如果丁寧只死一次，她怎麼能解得了恨？」

伴伴立刻就反駁：「那是完全不一樣的。」

「什麼不一樣？」她的朋友問。

「我恨牧羊兒，和因夢恨丁寧是完全不一樣的。」伴伴說：「我恨牧羊兒是真的恨。」

「因夢恨丁寧難道是假的？」

「不是假的，而是另外一種恨。」伴伴說：「因為我跟她一樣也是女人，所以我才能瞭解這一點。」

「哪一點？」

「恨也有很多種，有一種恨總是和愛糾纏不清的；愛恨之間，相隔只不過一線而已，愛得太強烈，忽然間就會變為恨，恨得太強烈，也可能忽然變成為愛。」

伴伴說：「因夢對丁寧的恨就是這一種。」

一個獨坐在風鈴下的寂寞女人，一個浪跡天涯的江湖浪子，他們在一起相處了一段時間之後，如果沒有生出一點感情，那才是怪事。

六

就從姜斷弦出現的那一剎那開始，江湖中有很多人的命運都改變了。

一直認為自己是墜入地獄的柳伴伴，忽然間就脫離了苦海。

這只不過是其中一個例子而已。

丁寧、風眼、韋好客、花景因夢、慕容秋水，甚至連姜斷弦自己的命運，也必將因此而改變。

風眼讓姜斷弦離開法場只因爲一句話：「今天你讓我走，三個月後的今天，我必定來此相候，就算我死了，也會叫人把我的屍首抬來。」姜斷弦說：「如果你答應我這件事，我一定也會替你做一件事。」他說：「你應該相信我一向言出必踐。」

風眼毫不遲疑就回答：「我相信。」他說：「你去。」

七

丁寧靜靜的坐在靠窗的一張椅子上，最少已經有一個時辰沒有開口說過話，也沒有移動過。

姜斷弦就坐在他對面，也和他同樣安靜、沉默。

他們都是不世出的絕頂天才，對於刀的瞭解和熱愛，近百年來，恐怕再也找不到另外一個人能比得上他們。

所以他們也是不能並容於當世的大敵，正如一山之中不容兩虎並存。

可是在這段時候，他們兩個人之間，卻好像完全沒有敵意，反而有一種極深摯的瞭解和尊敬。

——能讓你的仇敵這麼樣對你，絕不是件容易的事，你至少先要學會尊敬自己。

先打破沉默的是姜斷弦。他凝視著丁寧看了很久，才說：「你這次一定受了很大的折磨，身體的損傷也很重。」

「是的。」

「以你自己的估計，你大概需要多少時候才能完全復原？」

「你看呢？」丁寧反問。

「我希望不要超過三個月。」

「為什麼？」

「因為我約了一個人在三個月後的今天了斷一件事。」姜斷弦說：「我希望先把我們之間的恩怨在那一天之前解決。」

丁寧笑了笑，笑容中帶著種說不出的苦澀之意。

「我知道你約的是誰。」丁寧說：「你約的一定就是剛才那位監斬官。」

「我約他，當然是為了你，可是你並沒有欠我什麼。」

丁寧沉默。

「花景因夢這麼樣恨你，當然是因為她一直認為花錯是被你殺了的。」姜斷弦說：「想不到你一直都沒有辯說。」

丁寧又沉默了很久。

「我也想不到。」丁寧說：「我想不到這一次你居然沒殺我。」

姜斷弦也默然等著丁寧說下去。

「依你的性格，本來是絕不會在對方完全無法反抗時，殺死一個曾經擊敗過你的仇敵，這一點我也明白。」丁寧說。

丁寧說：「可是你如果殺了我，天下就再也沒有人知道殺花錯不是我而是你，花景因夢也絕不會找你復仇。」

他說：「你當然也知道她是一個多麼可怕的仇敵。」

「是的，我知道。」姜斷弦說：「就因為我怕她，所以我才不能殺你。」

有所不為，有所必為。

對某些人來說，有些事是死也不敢做出來，有些話是死也不肯說出口的。

——你認為我是這樣的人，我就是這樣的人，如果你一定認為這件事一定是我做的，那麼這件事就算是我做的又何妨？

這種人的骨頭當然其硬無比，丁寧無疑就是這種人。

姜斷弦說：「你寧願結下她這種可怕的仇敵，你所忍受的折磨，已經到了人類所能忍受的極限，但你卻還是沒有分辯一個字。」

他替丁寧解釋。

「因爲你覺得在那種情況下，如果你說出花錯並不是死在你手裡的，豈非就好像在向花景因夢求饒一樣，像你這樣人當然不會做這種事的。」姜斷弦說：「像你這種人，我怎麼能殺？」

丁寧忽然用一種很特別的態度笑了笑。

「你錯了。」他說：「這次你實在大錯特錯。」

「錯在哪裡？」

「我沒有說出這件事的真相，只因爲花景因夢從一開始就沒有給我說話的機會。」丁寧說：「我替你去赴約之後，她就在一剎那間把我制住，我就沒法子再開口說一個字。」

姜斷弦的臉繃緊，然後就忽然有一樣很奇妙的現象發生了。

——在他那張永遠如冰雪般岩石般冷峻的臉上，居然出現了一抹如沐春斜陽般的笑容。

「我沒有錯，因爲從頭到尾我都沒有看錯你。」

「哦？」

「你就是這麼樣一個男人，不該說的話死也不說，要說的話不管在任何情況下，都一定要說出來。」姜斷弦說：「從古至今無人不死，我這一生活得已足夠，如果死在你的刀下，我死而無怨。」

丁寧毫不遲疑就回答：「我也一樣。」

兩個人又互相沉默了很久，姜斷弦才說：「我也相信你的體力在三個月之內一定能復原，所以我已經決定在這裡陪你八十天。」

「你要在這裡陪我？」丁寧有一點驚訝：「爲什麼？」

「因爲一個人。」

「誰？」

「花景因夢。」

姜斷弦解釋：「這裡雖然是一個別人很難找到的隱秘地方，可是我相信花景因夢還是很快就會找來的，我相信她這一生無論在任何情況下都不會放過你，說不定現在她就已經知道了我們的行蹤。」

丁寧無語。

「可是如果我在這裡，就算她找到這個地方也不會出手的。」姜斷弦說：「我想她一定不願再見到我。」

──那一次在風呂屋內發生的事，對因夢來說當然是件很不愉快的回憶。

丁寧終於點頭。

「這個地方本來就是你的，你要留下來，誰也不能趕你走。」

「可是你的起居飲食，還是需要別人照顧。」姜斷弦說：「我當然沒法子照顧你，所以我已經另外替你找了一個人。」

丁寧轉過頭，就看見了伴伴。

——姜斷弦為什麼要這個女人來照顧我？難道她認得我？我為什麼完全認不出她？

八

天已經黑了。

風眼靜靜的坐在黑暗中，已經等了很久，才看見花景因夢提著一盞白紗宮燈，沿著用鵝卵石舖成的小徑往這個亭子走了過來。

在朦朧的燈光下，在淒迷的夜色中，她看來還是像多年前那樣苗條，那樣年輕。她看到風眼時，也沒有那種已經離別多年的拘束和陌生，只是淺淺一笑。

「對不起，我來遲了。」因夢說：「因為我一定要等到拿到賭注時才能來。」

「什麼賭注？」

「一個小小的賭注，我跟韋好客小小的打了一個賭。」因夢說：「我贏了。」

「你贏了什麼？」

因夢嘆了口氣：「我贏來的東西，其實連一文都不值。」她好像覺得很不滿意的樣子：「我只不過贏了韋好客的一條腿而已。」

對別人來說，一條已經被砍斷的腿確實可以說是一文不值。

可是對那個斷腿的人來說呢？

「我一直認爲韋好客是個聰明人，想不到他遠比我想像中愚蠢得多。」風眼的詞色依舊很冷漠：「他不該跟你賭的。」

「可是這一次他本來以爲自己有穩贏不輸的把握。」因夢說：「他從未想到丁寧能活著離開法場。」

「你呢？」

因夢笑了笑：「你一向很瞭解我，如果我沒有十分勝算，怎麼會跟他打這個賭？」

「莫非你早已知道丁寧能脫走？」

「四天之前，就已經有人把丁寧這次脫逃的計劃洩露給我了。」因夢說。

「是誰洩露給你的？」

「是牧羊兒。」

「他怎麼會知道姜斷弦的秘密？」

「因爲他本來就是姜斷弦安排好的一著棋，連煤場的管事老詹都是姜斷弦安排的。」因夢說：「丁寧的身子被挑起時，恰巧越過煙囪，它的力量、方向和角度，姜斷弦當然也早已計算過。」

風眼冷冷的說：「想不到姜斷弦也是個心機如此深沉的人。」

「只可惜他還是沒想到牧羊兒會把這個秘密出賣給我。」

「也許他早已想到了。」風眼的聲音更冷淡：「牧羊兒的屍體已經被人像野狗般丟在亂墳堆裡。」

「你呢？」因夢問風眼：「我不信你沒有發現燒窯裡有人。」

「我也不信。」

「那麼你爲什麼不揭穿？」

「因爲我一直認爲窯裡的人是你。」風眼說：「直等我接到你要人轉交給我，約我在此相見的那張紙條子，我才知道你當時不在法場。」

「你是不是覺得很意外？」

「是的。」

風眼說：「只不過我相信如果你不在法場，就一定有很好的理由。」他說：「你果然有。」

因夢又笑了。

「你果然很瞭解我，還是像以前一樣瞭解我，」她說：「可是現在我卻有一點不瞭解你了。」

「哦？」

「我實在想不到你會讓姜斷弦走。」

風眼轉過頭，遙眺遠方的黑暗，過了很久之後才說：「姜斷弦如果要走，世上有誰能阻留？」

這個問題的答案是絕對可以肯定的。

「沒有。」

宮燈已經熄了，是被因夢吹熄的，夜色青寒如水，人靜如夜。

靜良久，因夢才悠悠的說：「我們已經有很多年不見了，當初我離開你的時候，雖然是情不得已，你一定還是會很生氣的。」她的聲音溫柔如水：「可是現在已經事隔多年，我相信你一定可以原諒我。」

風眼的臉色看來也好像是水一樣，冷如水。

水的特性，就是有多重的面貌，多重的變化，就好像一個多變的女人一樣，就好像花景因夢一樣。

「如果你能夠原諒我，我也不求別的。」因夢說：「我只求你替我去做一件事。」

「只要你有一點可能追查出丁寧的藏身處，姜斷弦就一定會留在那裡保護丁寧。」

「我也相信他一定會這樣做。」因夢說：「他總認爲我有點怕他，總認爲只要有他在那裡，我就不敢出手了。」

「其實呢？」

因夢又嫣然一笑：「其實情況好像也是這樣子的，我好像實在有點怕他。」

風眼冷冷的說：「我也明白這一點，所以你才會來找我。」

「我承認。」

「你是不是要我去對付姜斷弦，好讓你去把丁寧劫走？」風眼說。

「是的。」

因夢凝視著風眼。

「你爲我做的事已經太多了，我只求你再爲我做一件事，我保證這是最後的一次。」她的眼中充滿柔情：「我相信你一定不會拒絕的。」

天色更暗。

風眼石像般靜坐不動，誰也看不出他臉上是什麼表情。

他的確從未拒絕過因夢的要求。

風眼冷冷的看著她，嘴角忽然露出一絲笑紋，卻又笑得那麼陰寒尖冷，彷彿刀鋒。

「其實你根本就不用說的，你約我來，我就知道你是要我去替你做一件事。」他說：「現在我甚至已經知道那是什麼事。」

因夢好像覺得非常驚訝：「你真的知道？」

「現在丁寧的功力還沒有恢復，姜斷弦救人救徹，一定會替他找一個很隱秘的靜養處。」風眼說：「可是現在你一定已經知道這個地方在哪裡了。」

「這個地方既然如此穩密，我怎麼會知道？」花景因夢故意問。

「牧羊兒既然已將這個秘密洩露給你，當然也會把他帶著丁寧從法場逃竄的秘道出口告訴你。」風眼說：「你既然知道出口處，當然就有法子追蹤丁寧。」

因夢嫣然。

「你真的太高估我了。」她說：「可是我也不能不承認，事情確實就是這樣子的。」

「我能想到這一點，姜斷弦也可能同樣會想到。」風眼說：「在他與丁寧決戰之前，他絕不容任何人傷及丁寧毫髮。」

因夢嘆了口氣：「想不到你非但瞭解我，還能夠這麼樣瞭解姜斷弦。」

——這是不是因爲他們本來就是同樣的人？

這一次呢？

「我第一次看見你的時候，你還是個小女孩，我從未想到過你會對我有什麼目的。」風眼說：「我只不過盡我所能來幫助你。」

他的聲音彷彿來自黑暗的遠方。

「直到你不告而別的那一天，我都沒有懷疑過你，可是，以後……」

因夢打斷了他的話。

「我也知道以後你一定聽到過很多有關我的事，可是你一直都沒有找我報復，」她的聲音更溫柔：「可見你並沒有恨我。」

「我爲什麼要恨你？」風眼說：「我所做的事，都是我自己心甘情願的。」

「這一次呢？」

「這一次就不同了，」風眼說：「此時已非彼時，往事都已過去，是非恩怨俱忘。」

他的聲音更遙遠，他的人已往遠方的黑暗走過去。

因夢急著問：「這一次已經是最後的一次，你難道要拒絕我？」

「是的，」風眼淡淡的說：「對我來說，一生中被人利用一次已足夠。」

九

伴伴捧著個很大的托盤走進來，托盤上只有一鍋清粥，幾樣小菜，沒有酒。

姜斷弦無飯不酒，丁寧現在卻不能喝，這是她為丁寧準備的，她根本忘了姜斷弦。

除了丁寧外，她心裡根本沒有別人。

可是丁寧看見她那種眼色，卻好像在看著一個陌生人。

伴伴咬住嘴唇，垂下頭，只覺得嘴裡鹹鹹的，就好像是眼淚的味道。

——為什麼眼淚的味道有時竟然會像鮮血一樣？

「這位姑娘，你的嘴上是不是在流血？」她彷彿聽見丁寧在問，卻又不知道是不是他在問。

她只知道等她清醒的時候，她已經躺在她自己小屋裡的床上，眼淚已經打濕了她的枕頭。

這時候姜斷弦正在問自己：「多情總是使人愁，無情的人呢？無情的人心裡是不是永遠都沒有憂愁痛苦？無情的人是不是活得比較快樂？」

第六部 花錯・丁寧與姜斷弦

「我們之間無論發生過什麼事，只要我們自己瞭解就已足夠，別人的想法，與我們完全無關。」

一 二十八個月之前的月圓之夜

一

二十八個月之前的意思，就是說距離丁寧和姜斷弦這一次在法場相見的二十八個月之前。

那一夜，月正圓。

那時候花錯還沒有死。

那時候姜斷弦仍然用彭十三豆的名字行走在江湖。

那時候彭十三豆的名聲，絕不會比天下第一劍客武當柳先生弱一分。

柳先生就是「平生無敗」柳不弱。

那時候彭十三豆也從來都沒有敗過一次。

可是那時候花錯已崛起了，以一把如仙人掌針的尖刀，在三年間刺殺江湖豪客武林名家名派掌門一流高手共計四十一人。

花錯也從未敗過。

那時候丁寧鋒芒初露，如異軍突起，大小一十三戰，戰無不勝，令江湖中人人側目。

這一十三戰，所約戰的無一不是超級高手，從那個時候一直到現在，丁寧的刀從不斷無名之輩。

那時候正是「刀」最盛行的時候，不但壓倒各門各派各種獨門奇門名門兵刃，甚至也壓倒數百年來武林中人一直奉為「主流」的「劍」。

那時候如果要在江湖中選中十大名流，花錯、丁寧、彭十三豆，無疑都是其中之一。

因爲那時候正是他們的時代。

就在他們那個時代裡，他們三個人如流星般偶然相遇，迸發出燦爛耀眼的火花。

二

烈日，黃沙，荒漠無垠。

那一天荒漠上的烈日和黃沙都和平常一樣，彷彿總是帶著種無法形容的神秘壓力，不但隨時都可能把一個人身體裡的水份和血液壓乾，甚至連他的靈魂都可能被壓榨出來，壓入地獄。

姜斷弦獨行在荒漠上，烈日已將西沉，他走得很慢，用一種很奇特的姿勢交換著腳步，就好像一個經驗豐富的賣藝人走在鋼索上。

他必須盡量保持他的體力，決不能浪費半分，因爲這一點密切關係著他的生死性命。

遠處一株巨大的仙人掌旁，彷彿有個人在看著他，而且已經盯著他看了很久。

在一般情況下，姜斷弦本來是不會去注意這個人的。他一向很少注意到和他無關的人，尤其是在他將要做一番生死決戰之前。

這只不過是原因之一。

他不去注意別人的另外一個原因是，這個世界上根本已經沒有什麼人能威脅到他。

可是站在仙人掌旁的這個人卻好像威脅到他了。

姜斷弦竟然忍不住轉過頭去看他，第一眼看到的，就是一雙鷹一般的眼睛。

這個人是個年輕人，一身青布衣裳，已被砂土染黃，一張風塵僕僕的臉上，雖然已經有了因爲無數次痛苦經驗而生出的皺紋，看起來還是相當英俊，而且帶著種非常吸引人的魅力。

只不過最吸引人的還是他的眼睛，堅定、冷酷、倔強、銳利，帶著種說不出的傲氣。

姜斷弦的腳步並沒有停。

他已經確定自己從未見過這個年輕人，所以也不準備對他多作觀摩。

現在姜斷弦只對一個人有興趣，他已經約好這個人在明日的日出時，決生死於一瞬間。

想不到仙人掌旁的年輕人卻忽然移動了腳步，彷彿只走了一步，就已經到了他的面前，擋住了他的去路。行動間姿勢的怪異就好像雪橇滑行在冰雪上。

姜斷弦的身子立刻停了下來，全身上下的所有動作都在這一刹那間驟然停頓，所有的精力、體力都決不再消耗半分。

年輕人嘆了口氣。

「我也早就明白，一個像你我這樣的人，要活下去實在不是件容易事。」

他說：「可是直到現在爲止，我才瞭解閣下爲什麼能在強仇環伺下活到如今。」

他說：「我從來未看見過任何一個人能像閣下一樣，對體力如此珍惜。」

姜斷弦這一次也盯著他看了很久，然後才問：「你知道我是誰？」

「我不但知道你是誰，而且還知道刑部的總執事姜斷弦，就是近年來以一把快刀橫行於江湖中的彭十三豆。」

這個年輕人說。

「對江湖中的刀法名家，我知道的大概比這個世界上的大多數人都多得多。」他說：「我從三歲的時候就對刀有興趣，十三歲的時候已經把天下所有刀法名家的資料，和他們的刀譜全都研究過。」

姜斷弦又冷冷的盯著他，看了很久之後才說：

「看來你的成績並不能算太好。」姜斷弦說：「據我所知，你最少已經敗過三次。」

「你也知道我是誰？」

「是的，我知道，」姜斷弦說：「只是我想不到會在這裡遇到浪子花錯。」

花錯笑了。

他一笑起來，眼睛裡那分冷酷就消失不見，傲氣卻仍在，看起來更能打動人心。

「不錯，我敗過，而且還不只三次。」花錯說：「就因爲我敗過，所以我比你強。」

「哦？」

「因爲我有失敗的經驗，你卻沒有。」花錯說：「每一次失敗的經驗，都能使人避免很多次錯誤。」

姜斷弦沉默，也不知道是在思索著他這句話中的道理，還是認爲他這些話根本就不值一駁。

花錯接著又說：「這二年來，我又會見了不少刀法名家，若是以一對一，我自信決不會敗，也沒有再敗過。」他說：「我至今最大的遺憾，就是還沒有在刀法上會過丁寧和彭先生。」

「現在已經遇到我了。」姜斷弦冷冷的問：「你是不是想由我來試試你的刀？」

「我只想見識見識閣下名震天下的刀法。」花錯說：「閣下的斷弦三刀，我只要能見到其中的一刀，就已足快慰生平了。」

——斷弦三刀，人不能見，若有人見，人如斷弦。

姜斷弦忽然嘆了口氣。

「浪子花錯，這一次你又錯了。」

「哦？」

「我的刀不是讓人見識的，」姜斷弦說：「我的刀只要一出鞘，就必定有人要死在刀下。」

「是誰死呢？」花錯仍然在笑：「是你？還是我？」

有一點花錯是對的，一次失敗的經驗，有時候的確可以讓人避免很多次錯誤。

只可惜他忘了一點。

——有時候敗就是死，只要敗一次，以後就根本沒有再犯另一次錯誤的機會。

只不過不管他是對是錯，總算做到了一件事，總算達到了他的一個願望。

他畢竟還是看到了斷弦三刀中的一刀。

那時候烈日已西垂，荒漠邊緣上的落日，鮮紅如血，紅如鮮血。

他背向落日飛掠而出時，還能聽見姜斷弦在說：

「你如能不死，明年此時，再來相見，我一定還會在這裡等你。」

三

那一天的深夜，姜斷弦仍然獨行在荒漠中，仍然用那種奇特的姿態在交換著腳步，可是他的人卻彷彿已經進入了種半睡眠的狀態。

他本來可以找一個避風的地方，安睡一二個時辰的，距離明晨日出時的決戰，還有足夠的時間讓他充分休息，恢復體力，不幸的是，他遇見了更不幸的花錯。

所以他只有像一匹經過嚴格訓練的駝馬一樣。不但能夠在站著時睡眠，甚至在走路的時候，都能夠進入半睡眠的狀態。

——在一種自我催眠的情況下進入這種狀態，用一種神秘的潛在意識力，分辨方向。

在窮荒中生存的野獸，如果要繼續生存下去，就一定要有這種能力。

這時候在一個早已沒有人居住的荒村裡，等著姜斷弦去做一死戰的人，就是丁寧。

四

甜水井已經乾涸了，僅有的幾畝雜糧田已荒瘠，雞犬牛羊都已瘟死。

本來就已經沒有多少人家的這個邊陲村落，現在更久已不見人跡。

村子裡最高的一幢房子有二層樓，而且是用磚瓦砌成的，在這種荒村小鎮上，這幢小樓已經是豪華雄偉的建築。

此刻丁寧就睡在這幢小樓的屋頂上，靜靜的等著旭日自東方昇起。

屋頂已經被清理過，破曉前的冷風中，帶著一種也不知從哪裡傳來的乾草香。

他帶著一罈酒、一隻雞、一個豬頭、一條狗腿，和一把快刀。

快刀當然是永遠都會帶在身邊的。

一個以「刀」爲命的人，身邊如果沒有帶刀，豈非就好像一個大姑娘沒穿衣服一樣？

丁寧帶著刀，理所當然。

這裡雖然是窮荒之地，要弄一罈酒一隻雞一條狗腿來，也不能算太困難。

困難的是，他居然還弄了一個火爐來，爐子裡居然還有火，火上居然還有一個鍋子，鍋子裡居然還熱著一鍋白菜肉絲麵。

這就絕了。

在生死決戰之前，把一鍋麵熱在爐子上是怎麼樣一回事？

我們這個丁寧先生做出來的事，有時候簡直和昔日遊戲江湖的楚留香先生差不多了。

他們做的事，總是讓人猜不透的。

旭日尚未昇起，東方剛剛有了一點像死魚翻身時魚肚上那種灰白色。

這時候本來應該是天地間最靜寂的時候，可是在這個死寂的村落中，唯一的一條街道上，卻忽然響起了一陣很奇特的腳步聲。

腳步聲不輕也不重，不快也不慢，就好像是一個吃飽了飯沒事做的富家翁，茶餘飯後在客廳裡踱方步一樣。

這裡不是富家的客廳，這裡是窮荒死寂的邊陲之地，沒有人會到這裡來踱方步的。

所以這種聲音聽起來就非常奇怪了。

——悠閒無事的人不會到這裡來踱方步，到這裡來的人不會用這種方步走路。

丁寧本來像一個「大」字一樣躺在屋頂上，聽到這一陣腳步聲，精神好像忽然一振。

「彭先生，你來了嗎？請，請上坐。」

這裡根本沒有「座」，「請上坐」的意思，只不過是「請你上來坐」而已。

姜斷弦當然明白他的意思。

姜斷弦雖然沉默孤獨離群寡合，和這個世界上每個人的距離，好像都遠在十萬八千里之外，其實無論任何人的思想，都很難瞞得過他。

可是他看到屋頂上擺在丁寧身邊的那個爐子和麵鍋時，他還是愣住了。

自從他以「彭十三豆」之名行走江湖，約戰天下高手，將生死、成敗、勝負投注於刀鋒揮起時的那一瞬間，他當然曾經看過很多奇怪的人和奇怪的事。

他看見過有人在決鬥時抬著棺材來，他看見過有人在決鬥時用油彩把自己臉上勾畫得像是個追魂索命的活鬼。

他看見過有人瘋狂大笑，有人痛哭流涕，有人面如死灰，有人面不改色。

他甚至看見過一個平日自命爲硬漢的人，而且是被江湖中公認爲是硬漢的人，在決鬥時面對著他的時候，褲襠忽然濕透。

在無數次生死呼吸的決鬥間，各式各樣的人姜斷弦都看得多了。

可是他從來沒有看見過一個人在這種時候，還會特地帶一個火爐來熱著一鍋麵。

這真絕。

天色又比較亮了一點，爐子裡的火又比較大了一點，鍋子裡的麵又比較熱了一點。

姜斷弦在屋脊上看著躺在屋簷邊火爐旁的這個看起來比花錯還要錯的年輕人。

「你就是丁寧？」

「是的，我就是丁寧。」這個年輕人說：「你看見的這個爐子就是一個爐子，你看見的雞就是雞，酒就是酒，狗腿就是狗腿，你看見的這個爐子上燉著的就是一鍋麵，甚至連這個豬頭，都是一個真的豬頭，如果你認爲你自己看錯了，那麼你才真的錯了。」

姜斷弦想笑，笑不出，想說話，不知道怎麼說，想不說話，也不行。

幸好就在他還沒有想出要說什麼話的時候，丁寧已先說：「我知道你對我這個人已經非常瞭解，你和每一個人決戰之前，都已經把那個人研究得非常透徹。」丁寧說：「我相信你最少已經花了三個月的工夫來研究過我這個人所有的一切資料。」

姜斷弦不否認。

「要瞭解我這個人並不困難，什麼事我都做得出的，今天我就算帶一個大廚房的人，一個戲班子，一組吹鼓手，十七八個隨時都可以脫的粉頭，來和你做決戰前的歡飲，你都不會覺得奇怪。」丁寧問：「你說對不對？」

姜斷弦不得不承認：「對。」

「可是我敢打賭，你絕對想不到我今天爲什麼要帶一鍋麵來，而且還要帶一個爐子來把麵熱在火上，等一個隨時都可能把我腦袋砍下來的人來吃這鍋熱麵，好像是生怕他吃了涼東西會瀉肚子一樣。」

丁寧說：「只要你敢賭，你要賭什麼，我就跟你賭什麼，就算你要賭我的命，我也跟你賭了。」說到這裡，丁寧的笑容忽然變得很奇怪：「可是我知道你絕不會跟我賭的。」

「爲什麼？」

「因爲你既然對我的一切都很明瞭，那麼你當然不會不知道我的生日是在哪一天。」

「是的。」姜斷弦說：「我知道。」

「現在你一定已經想起來，今天就是我的生日，此時此刻，就是我出生的時候，那麼你一定也知道我爲什麼要在這裡煮一鍋麵等你。」

丁寧說：「我的生日，很可能就是我的死期，這是件多麼浪漫的事，所以我要把你我間的決戰約在今日，而且還要特別請你吃一碗壽麵。」丁寧說：「我相信你現在一定明白我的意思。」

「是的。」

「所以你就絕不會和我賭了，因爲如果我們要賭，我是輸定了的。」丁寧說：「既然已必勝無疑，還賭什麼？你一向是個很公平的人，怎麼會做這種不光榮的事？」

姜斷弦又凝視他很久，似乎要利用這段時間，來使自己的情緒平靜。在決戰之前，如果被對方所感動，非但不利，而且不智。

丁寧當然可以瞭解他的心意，在他們這一級的絕頂高手之間，心意往往都能互相溝通。所以丁寧也不再說話，卻忽然拔刀。

姜斷弦一動也沒有動，他確信丁寧絕不會在這種時候拔刀對付他。他沒有算錯。

丁寧拔刀，只是爲了切肉，刀鋒過處，豬首片分，刀薄如紙，片肉也如紙。

——好快的刀。

把片成飛薄的豬頭肉，用烘在爐子旁的火燒夾起來，把煨得像奶汁一樣的壽麵，來就火燒吃，吃一口，喝一口。

酒罈子在兩個人之間傳遞著，很快就空了，狗腿也很快就剩下骨頭。

「你真能吃，也真能喝。」

「你也不差！」

丁寧大笑，笑聲忽又停頓，又用那種奇怪的眼色盯著姜斷弦說：「你在殺人不死，或者在已經看出對方已經無法與你交手時，是不是常常喜歡說，明年此時、此處再見？」

「是的。」

「現在我要說的也是這句話。」丁寧說：「明年此時、此處再見！現在你走吧。」

姜斷弦的臉沉了下來：「你爲什麼要對我說這句話？」

「因爲有時候我也和你一樣，你不願做的事，我也不願做。」丁寧說。

「爲什麼？」

「就算勝了也沒有光采的事。」丁寧說：「今日就算我勝了你，也沒面子，因爲今日你必敗無疑。」

姜斷弦變色：「你這是什麼意思？」

「我的意思就是說，我看得出你已經累了，你的鬥志和殺氣也已被消磨。」丁寧說：「在你到這裡來之前，你一定已經和另外一個人做過生死之戰，這個人必定是個能在一瞬間斬人首級如切菜的絕頂高手。」

姜斷弦沉默，額角和手臂上卻有一根根青筋凸起、躍動。他非常不願意承認這件事，卻又不能否認。他一生從不說謊。

不誠實的人，無論做任何一件事，都絕對不可能到達巔峰。

你在欺騙別人的時候，往往也同時欺騙了自己，那麼你怎麼能期望你自己悟道？沒有「誠」，哪裡會有「道」？

「無論生死勝負，問心有愧的事，你我都不會做的。」丁寧說：「所以今日一戰，最好改爲明年此時。」

「你的意思我明白。」姜斷弦終於開口：「只不過今日你我這一戰，縱然改在明年此時也一樣。」

「爲什麼？」

「因爲明年我來赴約之前，我還是要去先赴另一個人的約。」

「赴誰的約？」

「花錯。」

丁寧當然知道花錯這個人，正如花錯無疑也知道丁寧一樣。

——在他們這一級的高手之間，彼此都一定會有相當瞭解，因爲他們都知道彼此都難免會在偶然之間相遇，一相遇就難免會有生死之爭，如果不能知己知彼，未出手之前就已經被對方佔了先機，先機一失，命如遊絲。

姜斷弦接著說道：「剛才花錯雖敗了，但我卻沒有把握能斷定他是否必死。」

「所以你也約了他明年此時？」

「是的。」姜斷弦說：「就算我明知他活不到明年此時，到時候我也會去赴約，遭遇到的情況，也許反而更兇險。」

「爲什麼？」

「因爲他的妻子是個非常癡情，非常美麗，又非常可怕的女人。」

「她是誰？」

「花景因夢。」

花景因夢，這個女人究竟是個什麼樣的女人？

沒有人知道。

這個世界上根本就沒有人能完全瞭解她，也許連她自己都不能瞭解自己。

只不過姜斷弦確信：「如果花錯不死，明年你我決戰之前，他一定會赴我的約。」姜斷弦說：「如果花錯死了，花景因夢也一定會在那裡等著我，就算她自己不去，也一定會派別人去的，她派去的人，當然都有足夠的力量對付我。」

他告訴丁寧。

「所以我們縱然把今日之戰改在明年此時，情況仍然是一樣的。」姜斷弦說：「明年此時我就算還能活著來赴你的約，也一定和今年一樣，精力和殺氣都已被消磨將盡了。」

「你說的是。」

丁寧聲音中彷彿帶著無可奈何的哀傷：「人在江湖，身不由己，有很多事的確都是這樣子的，變也變不了，改也改不得。」

「既然改不得，又何必要改？」姜斷弦說：「勝負已決，再無牽掛，豈非更痛快？」

「雖然痛快，卻不公平，你痛快了，我不痛快，怎麼辦？」

「你說應該怎麼辦？」

丁寧的辦法是這樣子的。

「戰期既然改不得，勝負還是要分的，今日我若勝了，明年你就要讓我去替你赴花錯之約，」丁寧說：「我也早就想會一會他。」

「可以。」姜斷弦毫不遲疑就回答：「我會把我們約戰之地告訴你。」

「還有一件事你也不能忘記。」

「什麼事？」

「今日之戰既然改不得，明年此時，你與我的約會也不能改。」

「這一點我當然不會忘，」姜斷弦說：「但是你卻好像忘記了一件事！」

「什麼事？」

「死人是不能赴約的。」姜斷弦說：「刀劍無情，敗就是死。今日我若死在你的刀下，明年此時，我怎麼能來赴你的約？」

丁寧淡淡的笑了笑：「那就是你的事了，我相信你總會有法子的。」丁寧說：「就好像花錯雖然已敗在你的刀下，但是你和他明年之約還是沒有更改。」

姜斷弦沒有再說什麼，應該說的話他都已說了出來，既然已說出來，就永無更改。既無更改，再說什麼？

所有的言語都已到了結束的時候。

刀無語。

刀不能說話，刀無語。

可是刀鋒動，刀聲起，這種聲音是不是也可以算做一種言語？一種比世上任何言語更尖銳、更可怕，而且更不能更改的言語。

——勝或負？生或死？它永遠都不會給你太多選擇的餘地。

奇怪的是，在當代這兩大刀法名家的決戰之時，居然沒有響起刀聲。

只有風聲，沒有刀聲。

因爲丁寧的刀根本沒有動。他的刀斜伸，刀鋒就像是已經死在永恆中。

死就是永恆，因爲死是不變的，亙古以來，只有「死」不變。

有生機，就有變化，才有疏忽、破綻和漏洞，才會給別人機會。

——「死」是有什麼機會？

「死」，已經到了所有一切事的終極，什麼都沒有了，如果有人要去攻擊死，他能得到什麼？

姜斷弦握刀的手心已被冷汗濕透。

——以不動制動，以不變應萬變。

姜斷弦從未想到丁寧的刀法已能達到這種境界，更未想到丁寧會用這種方法對付他。

他平生所遇高手無算，從來也沒有人會把自己置之於死地。

因爲「死」就是「不勝」，非但不能變，也不能攻擊，最多也只不過能做到「不敗」而已。

高手相爭，爭的就是勝，不敗絕不是他們爭取的目標。

可是在現在這種情況下，能夠「不敗」，就已經勝了。

姜斷弦已經發現自己的體力在不停的大量消耗，甚至遠比他在做最激烈的動作時消耗得更大，已經使得他無法再支持下去。

但是他也不能動。

無生機變化的終極，也就是所有一切生機和變化的起點。

如果你一刀攻向這一點，就無異引發了一座火山。粉身碎骨，萬劫不復。

只有等，才是最好的對策，等對方的疏忽，等對方先倒下去，只有等，才有機會，高手相爭，「等」本來就是一種戰略。

唯一的遺憾是，在這一戰還沒有開始之前，他就已敗了，在這一戰還沒有開始之前，他的體力就已消耗得太多。未戰已先敗。

現在他才明白丁寧爲什麼能在未戰之前，就已有了必勝的把握，但是他卻不明白丁寧怎麼會用這種戰略對付他。

丁寧年輕，丁寧驕傲，丁寧有俠氣，也有骨氣，丁寧一向講求公正。

像丁寧這麼樣一個人，既然知道他體力不繼，就應該避免和他以體力決勝負，就應該速戰速決，決生死於一瞬間。這才是大丈夫的本色。

丁寧爲什麼不是他想像中的人呢？

姜斷弦不懂。

他已經非常衰弱，他的思想已經無法再保持清醒，可是他還想盡最後的餘力，作最後一擊。

最後他只記得他彷彿曾經揮刀。

姜斷弦也不知道自己是在什麼時候清醒的，距離他揮刀時也許已過了很久，也許只在瞬息間。

他醒來時，紅日又照上對面的土牆，牆上用鍋灰寫著：

今日之戰，我勝你敗，
花錯之約，我去你休，
明年此時，再來相見。

現在姜斷弦終於完全明白丁寧的意思了。
——高手相爭，敗就是死，他只有用這種戰略，才能讓姜斷弦敗而不死。
——明年之戰，已在他代姜斷弦去赴花錯的約會後，他就算還能活著到這裡來，也必定會像今日的姜斷弦一樣，已將至強弩之末。
所以明年此時那一戰的勝負，才是他們之間真正的勝負。
直到現在，姜斷弦才相信這個世界上真的有丁寧這種人。
這種人真的是死也不肯佔人半點便宜。

六

這時候花錯已被埋葬，他的妻子正用一雙素手，在他墳前種下了小小的一株仙人掌花。

花錯的死，完全是個偶然突發的事件，他和姜斷弦之間，完全沒有絲毫恩怨，所以花景因夢完全不知道她的丈夫是死在誰的刀下。

她只知道殺死她丈夫的人，明年此時，一定會到這裡來。

一年之後，丁寧來了。

七

丁寧來的時候，來自遠方。

丁寧來的時候，已經非常疲倦，所以當他看見那棟白色的小屋時，整個人都彷彿軟了，就好像一個在風塵中打滾過許久許久的妓女，忽然遇到了一個誠實的男人，誠實可靠，而且在真心真意的對她。

這是一種多麼幸福的感覺？雖然在幸福中又帶著那麼一點點欲哭無淚，可是又忍不住想要流淚的感覺。幸福有時候也是淒涼的，有時候甚至比最悲慘的事更容易讓人流淚。

有淚可流，也是好的。

小屋是用白石砌成的，平凡而樸實，屋前卻有一道非常優雅的前廊，廊前簷下，有風鈴。

風鈴幽幽，總讓人憶起江南。

——春水，柳蔭綠波，花樹，風鈴，小屋，能不憶江南？

他彷彿已可聽見那清悅的風鈴聲，在春風中響起來了，春風中還帶著一種從遠山傳來的芬芳。

然後丁寧就看見了那個白色的女人，那麼白，那麼純潔，那麼優雅，那麼靜。

丁寧已非不解人事的少年，丁寧見過女人了，見過很多女人。

可是他從未見過這麼靜的女人，這麼靜，這麼靜，這麼靜。

所以他才想不到這麼靜的一個女人，就是在江湖中動得讓每一個人都不能安靜的花景因夢。

就因爲他想不到，所以他才會去劈柴，割草，修理欄桿。

就因爲他想不到，所以他才會在擊敗軒轅開山和牧羊兒之後，落入花景因夢的懷抱中，抱他入地獄。

這件事，就是這麼樣發生的。

這件事到現在爲止並沒有結束，甚至可以說才剛剛開始。

第七部　伴伴

直到現在，他才發現真正的去愛一個人，是一件多麼痛苦的事，被愛卻是那麼幸福。
可是直到現在為止，他仍然寧願愛人，而不願被愛。

一 情到深處無怨尤

一

伴伴本來應該一點都不會覺得寂寞的，因爲她這一生最深愛著的人，日日夜夜都在她身邊。

可是伴伴寂寞。

她隨時隨地都願意爲丁寧奉獻出所有的一切，丁寧卻已完全不記得她。

人與人之間的感情，爲什麼會有這麼大的差異？這種差異甚至已經不能算是一種差異了，而是人類最強烈、最深摰痛苦的根源。

這個世界上還有什麼樣的折磨，比情感上的折磨更讓人痛苦？

肉體上的折磨，是別人在折磨你，情感上的折磨，卻是你自己在折磨你自己，虐待自己，甚至會把你自己當作你自己最痛恨的仇人，因爲你恨你自己爲什麼要做出這種事，爲什麼要去愛一個根本就不値得你去愛的人。

伴伴寂寞，尤其是在她看到丁寧的時候，因爲這時丁寧雖然就在她眼前，卻又彷彿在千山萬水外。

尤其是在她聽見了丁寧說「謝謝」的時候。

謝謝，多麼客氣，多麼有禮，她送一杯茶給丁寧，丁寧說謝謝，她盛一碗飯給丁寧，丁寧說謝謝，不管她爲丁寧做了一件什麼事，丁寧都會對她說一聲謝謝。

——你會不會對一個最親近的人，每天說一百次謝謝？

丁寧的客氣，丁寧的多禮，讓伴伴的心都碎了。

二

快要到夏天了，在一些溫暖潮濕的地方，已經可以看得到蚊子，在本來一片乾褐色的大地上，已經可以看到一點綠意，在一些比較勞累的人們身上，已經可以看到了汗珠。

在廚房裡站了半個時辰，做好了一頓三菜一湯的中飯之後，伴伴身上也有了汗珠。

她想洗澡。

女孩子都是常常喜歡洗澡的，舒舒服服的洗個澡之後，總是能讓人容光煥發，心情歡悅，總是會讓一個女孩子顯得漂亮。

有的男人會不讓女孩回家，有的男人會不讓女孩穿暴露的衣服，做丟人的事，有的男人甚至會不讓女人去到一條比較熱鬧一點的街道，去買一點花粉。

——男人的嫉妒有時候也會像女人一樣無禮，可是據我所知，好像還沒有一個男人會不讓他的女人去洗澡的。

洗澡通常是在澡盆裡，這個世界上有各式各樣的澡盆，有些甚至是用玉石砌成的。

美人入浴，有很多怪癖，有的甚至喜歡用牛奶羊乳，蜂蜜茶。

可是最普通最常用的一種還是水。

水也有很多種的。

江水河水溪水海水泉水井水沉水塘水冷水熱水雨水雪水地下水陰溝水溫泉水，冷熱香臭髒淨，各式各樣的水都有。

可是在人心中最嚮往的，還是那種最自然最潔淨最清冽，從煙雲飄渺中，青翠山嶺間，如銀練般夾溲而下的清泉。

就在伴伴的小屋房，就有脈山嶺如蔥，一道清泉如銀。

這時候已經將到夏天。

三

花景因夢在小路旁一個樹蔭下停下來，把她的計劃重頭再思索一遍。

這個計劃中最重要的關鍵就是伴伴。

——伴伴的出身，伴伴的遭遇，伴伴的教養和知識，和伴伴的弱點。

這些事因夢都已仔細調查研究過，她必須先要知道伴伴所有的弱點，才能找出一種最直接最有效的法子，來打動這個女孩的心。

只有一點是她可以確定的。

——以伴伴的遭遇來看，她對男人已經應該覺得很傷心了。

因夢爲什麼忽然變得對伴伴這麼有興趣？是不是爲了丁寧？

因夢和丁寧之間是不是已經被打起了一個解不開也看不見的結？連他們的靈魂和命運皆在一起？

四

溪水清涼，綠得像翡翠，把伴伴的臉都映成了碧綠色。

她已經把她自己整個人完全沉浸在這一潭碧水中，完全放鬆了自己。

現在丁寧正在午睡，他的安全有姜斷弦保護。

現在天氣如此晴朗，水波如此溫柔，伴伴幾乎已將她這一生所受到的苦難完全忘卻。

就在這時候，她忽然發現，溪畔的岩石上有一個人在癡癡的看著她。

伴伴幾乎要嘶喊了出來。

她有過這種可怕的經驗，那一次如果不是丁寧救她，她早就被人蹂躪，每當她想起那一次的遭遇，都像是在作噩夢一樣，忍不住會放聲嘶喊，冷汗透衣。

可是這一次她卻連一點恐懼的意思都沒有。

這個站在岩石上癡癡的看著她的人，居然是個女人，而且是個非常美麗、非常優雅的女人，看著她的眼波，遠比春水更溫柔。

在她這一生的記憶中，好像從來也沒有一個人用如此溫柔的眼波看著她。

所以就在這一瞬間，她已經對這個女人生出了一種很微妙的感情，在某一方面來說，她甚至已經把這個女人當作了很知心的朋友。

在這個女人的眼波凝視下，她甚至覺得全身都溫暖了起來。

如果她知道這個女人是誰，她也許會發瘋。

這個女人當然就是花景因夢。

她站在岩石上，用一種她自己訓練出來的眼色看著水池中的女孩，她多年前就已知道男人都喜歡她用這種眼光看他們。

後來她才知道有很多女人也一樣，尤其是那些歷盡滄桑，飽經創痛的女人。

現在水池中這個女孩也不例外。

因夢發現她已經開始在自己的凝視下漸漸溶化。

——這個世界上有多少女人只爲了別人給她一點點溫柔和同情，就肯付出一切？

如果有人能真正明瞭這一點，而且善加利用，那麼這種力量恐怕遠比任何人想像中更爲強大。

先開口的人是伴伴。

「你是誰？」她問因夢：「你爲什麼要這樣看著我？」

因夢不回答，卻輕輕的解開了她的衣襟，當那身雪白的輕衫從她肩上滑落時，伴伴看起來彷彿連呼吸都已將停頓。

伴伴的身材也是値得驕傲的，也常常會讓男人心跳加速，呼吸停止。她非常明白這一點，而且也引以爲傲。

可是等她看到這個女人完美無瑕的胴體時，就好像一個虔誠的信徒，看到了他幻想中的神祇一樣。

當這個女人也滑入溪水中時，她幾乎要暈倒。

等她從暈眩迷幻中清醒時，這個女人已經在她面前，用一根纖長的手指，輕撫著她的臉，而且用一種異常的聲音對她說：「可憐的孩子，我知道你累了，而且吃了那麼多苦。」因夢說：「現在你最需要的，就是一個真正對你好，而且能夠安慰你的人。」

她說：「你身邊有這種人嗎？」

伴伴不能回答，伴伴的心在刺痛。

「你沒有。」回答這句話的是因夢自己：「因爲你一向只懂得付出你所有的愛去愛別人，卻不懂如何保護自己。」

她的手指更輕柔。

「可是在經過了這麼多次不幸之後，你也應該明白去愛別人是件多麼痛苦的事了。」因夢說：「你也應該開始學一學怎麼樣讓別人去愛你。」

伴伴的眼淚流下，落入溪水，然後她就發現她的身子已經被這個陌生的女人擁抱在懷裡。

她想掙扎，卻完全沒有力氣。

這個女人竟彷彿有種令人不可抗拒的力量，用在男人和女人身上都同樣有效。

五

藍天如洗，綠草如茵，她們靜靜的躺在四月的晴空下，伴伴只覺得說不出的安全和滿足。

她從未想到生命中居然會有這麼美好的時候，更未想到這種事居然會發生在她身上。

經過了那麼多男人對她無情的摧殘和折磨之後，她忽然發現，只有女人才是真正可以信託依賴的，而且絕不會對你有絲毫傷害。

尤其是這個女人，她的多情和溫柔，世上絕沒有任何男人可以替代。

在這種夢一樣幸福的感覺中，她忍不住問：

「我知道我是個多麼討厭的女人，有時候甚至連我自己都討厭自己。」伴伴說：「所以我實在不明白，你怎麼會找到我？」

因夢嫣然。

「你怎麼會是討厭的女人？如果你討厭，天下的女人就全都是討厭鬼了。」她說：「其實在很久很久以前，我就已經開始注意到你。」

「真的？」

這當然不是真的，這是謊話，可是謊話豈非總是能讓人愉快的，這個世界上又有幾個女孩子不喜歡聽謊話的？

這個世界上又有幾個女孩子不喜歡說謊話？

因夢又說。

「其實今天我本來不敢來的，我怕嚇著你。」她說：「如果不是因爲我能夠單獨見到你的機會太少，我也不會來。」

「爲什麼？」

「我知道你和兩個男人住在一起。」因夢說：「他們看起來好像都很神秘。」

——神秘的意思，通常就是有一點鬼祟，有一點陰謀，有一點見不得人。

伴伴明白她的意思，所以替他們解釋。

「你說他們神秘，倒真的是有一點神秘，只不過他們絕不是壞人。」伴伴又補充了一句：

「他們之中還有一個人曾經救過我。」

「哦？」

「在我很小很小的時候，如果不是他及時來救我，我早就被壞人污辱了。」

「現在呢？」因夢問：「這個曾經救過你的人，現在對你怎麼樣？」

伴伴低下頭，不說話了。

「其實你不用說，我也看得出他現在對你並不好。」因夢說：「我甚至看得出他對你很疏遠很冷淡。」

伴伴依舊沉默。

因夢輕輕嘆息。

「他救了你之後，你一定時時刻刻的記著他，對一個年輕的女孩來說，恩情很容易就會變成愛意，有時候你甚至會不惜爲他犧牲一切。」

這是真的，因夢無疑很瞭解少女的心。

「可是等你爲他犧牲了一切之後，你又得到了些什麼？」因夢說：「以前他救你，也許只不過好像把一塊吃不完的肥肉，丟給一條快要餓死的野狗，在轉眼間就把這件事忘得乾乾淨淨。」

她又嘆息：「男人們常常都是這個樣子的，又健忘，又自私，又無情。」

樣。

這也是真話，男人們的確常常都會犯這幾樣毛病，就正如女人們也常常會犯這幾樣毛病一

真話總是會刺傷人心。

——男人的心也是心，女人的心也是心。

伴侶的心好像已經被刺穿了一個洞。

二 刀魂與花魂

一

小屋後有個小小的花圃，春花已經次第開了，已經可以戴在鬢旁，採入瓶中。

丁寧穿一身青衣，趿著的是帶著唐時古風的高齒木屐，腳上甚至還套著雙丫頭襪。

在初夏午後溫暖的陽光下，他的臉看來雖然還是蒼白得毫無血色，可是他的神態，卻帶著一種說不出的悠閒和雅適。

這種神態，使得他蒼白的臉在鮮艷的群花中顯得更突出，更高貴。

唯一和他這種優雅的態度有一點不相配的，是他手裡的一把刀。

可是這把刀也是非常優雅的，一種非常古樸的優雅，不相稱的是，這把刀上的殺氣。

花園裡有一棵很高大的銀杏樹，樹蔭下有一張几，一個蒲團。

几上有一個仿造宋汝洲哥窯「雨過天青」的花瓶，蒲團上坐著一個人。

這個人不是和尚，是丁寧。

——蒲團上坐著的人不一定是和尚，和尚也不一定坐在蒲團上。

丁寧正在修整他剛從花圃裡摘下的鮮花，用他手裡一柄形狀古樸而優雅的銀色的短刀。

一柄如此閒適的刀，一把削整花枝的銀刀，刀上怎麼會有殺氣？

二

午後的陽光還是金黃色的，還沒有到達那種黑夜來臨前夕陽的輝煌燦爛的鮮紅。

姜斷弦遠遠的站在一叢紅花旁，靜靜的看著丁寧削整花枝，彷彿已看得癡了。

他的臉色永遠是那麼冷酷和淡漠，可是他的眼卻像是火一般的夕陽般燃燒了起來，就像是一隻猛獸，看到了另一隻足以威脅到牠生命的猛獸。

可是丁寧只不過在削整幾枝已經被摘落下的鮮花而已。

這種悠閒的事，怎麼會引起別人的敵視？

陽光的金黃已漸漸淡了，火樣的鮮紅還沒有染上夕陽。

如石像般靜立不動的姜斷弦，忽然慢慢的向丁寧走了過來。

丁寧卻彷彿根本沒有發覺自己面前已經有了這麼樣一個人。一個隨時隨地都可能威脅到他的生命與存在的人。

他仍然用他的那把銀刀，修剪著那一束花枝，他的出手很慢、很小心。

他用的刀是一把很鈍的純銀的刀。

他做的是一件很平常的事，一個正在養病的人，常常都會做這一類的事。

可是姜斷弦卻在全心全意的看著他，就好像一個醉於雕琢的人，在看著一位他最崇拜的大師，雕琢一件至美至善至真的精品。更好像一個好奇的孩子，在看著一個他從未見過的奇怪遊戲。

在姜斷弦臉上居然會流露出這種神情，才真正是件怪事。

可是真正瞭解姜斷弦的人，就會知道他用這種眼色看丁寧，一定是因爲他看到了一些別人看不到的事，只有他才能看得見。

他看到了什麼？

鮮花被摘下，就好像魚已被網出水一樣。

花被摘下，看起來依然同樣鮮艷，魚在網中，也依然同樣在動，甚至動得更生猛。

可是在姜斷弦這種人眼中看來，就不一樣了。

水中魚的動，是一種悠遊自在的動，網中魚的動，就變成了一種爲生存而奮鬥的掙扎。

花在根上，那種鮮艷是自然的、活潑的，被摘下之後，就難免顯得有些憔悴了。縱然被修剪過，被供養在最精美的花瓶裡，也只不過是一個年華已將去，已經要用很濃的脂粉來掩飾臉上皺紋的女人了，怎麼能比得上連蛾眉都不去淡掃的村姑？

奇怪的是，被丁寧摘落，修剪後放入花瓶中的鮮花，居然還是同樣鮮艷，沒有人能看得出一點分別，甚至連姜斷弦都不能。

他是用一種什麼樣的手法摘落這些花枝的？

丁寧不抬頭、不開口。

姜斷弦用兩根手指，輕輕快快的拈起一段花枝，凝視著花枝上的切口。

他的眼色立刻變得更奇怪了。

那種眼色就像是一隻貓看到了一隻老鼠，卻又像一隻老鼠忽然看到了一隻貓。

──刑部的總執事，有史以來最高明的劊子手姜斷弦。

──忽然間一夜就在江湖中成名的刀客彭十三豆。從來不服的彭十三豆。

這麼一個人，怎麼會在看到一些花枝的切口時，就會變得如此奇怪？

直等到最後一枝花插入瓶裡，丁寧才發現姜斷弦站在他面前。

姜斷弦卻還在凝視著手裡那根花枝的切口，又過了很久，才慢慢的說：「以鈍刀切木，卻如快刀切腐，刀勢之奇變，現於刀鋒切口外。」姜斷弦直視丁寧：「以這樣的刀法，當世能有幾人？」

丁寧的態度很平靜，用一種非常平淡的聲音說：「姜先生，這句話你不該問的。」

「爲什麼？」

「一刀之功，既不足顯刀法，更不足決勝負，」丁寧說：「決戰時之天時，決戰地之地利，決戰人之心情、體力，都可以影響刀法的強弱。」

「但是刀法的本身，卻是不會變的。」姜斷弦說：「刀也不會變。」

「人呢？」丁寧說：「人是不是會變？」

「是。」

「既然人會變，絕世無雙的刀法名家，也可以在一夜之間變得不堪一擊。」丁寧說：「這種事既非永恆，能用這種刀法的人，昨日可能只有三五人，今日可能變得八九人，明日又可能變得只剩下一個。」

姜斷弦無語。

日色漸落，沉默良久，然後姜斷弦才說：「不錯，人會變，人事亦無常，你所經歷的變化，實非我所能想像。」他說：「連我也認爲你已變了，已非我的敵手。」

姜斷弦嘆息：「可是我錯了，以你今日的體力，還能施展這樣的刀法，等到你我決戰時，只怕我已經不是你的對手。」

丁寧居然笑了笑，淡淡的說：「我明白你的意思，你一定奇怪，我在那種暗無天日的鬼獄中，過那種非人所能忍受的生活，刀法怎麼會還有進境？」

「是的。」姜斷弦說：「我正想問你這句話。」

「其實你若仔細想一想，你也會明白的。」

「哦？」

「刀法到了某一種境界後，不用身體也可以練的。」丁寧說。

「不用身體練，用什麼練？」

「用思想，在思想中尋找刀法中的變化和破綻，尋找出一種最能和自己配合的方法。」丁寧說：「而一個人在肉體受到極痛苦的折磨時，思想往往反而更敏銳。」

姜斷弦的態度忽然變得非常嚴肅，而且充滿尊敬，甚至用一種弟子對師長的態度對丁寧說：「謹受教。」

三

被摘落的十枝鮮花已經有九枝在瓶中，只有一枝還在姜斷弦手裡。

丁寧慢慢的站起來，看了看他手裡的花枝，又看了看花瓶。

「姜先生是不是想把這枝花帶回去？」他問姜斷弦。

「不想。」

「那麼，姜先生，請君插花入瓶。」

這本來也是句很平常很普通的話，被摘下的花，本來就應該插入花瓶裡。

奇怪的是，最近世事看得越來越平淡的丁寧，在說這句話的時候，口氣裡卻帶著種很明顯的挑戰之意，就好像要一個人去做一件很困難的事。

更奇怪的事，聽到了這句話之後，一向嚴肅沉靜的姜斷弦忽然也變得很興奮，就好像人已在戰場，面對著一柄殺人刀。

——這又是爲了什麼？

四

花枝在瓶中，帶著極疏落而蕭然的韻致，剩下的餘隙還有很多，隨便什麼地方都可以把一枝花插進去，甚至連十枝花都可以隨隨便便插得下去。

可是姜斷弦手裡拿著一枝花，卻好像一個要寫一篇文章的學生，手裡雖有筆墨，卻不知該從何處下手。

他那刀一般的眼神，已在瓶中花枝的空隙間選了很多個地方。

可是他手裡的花枝卻沒有插下去。

他的神色更凝重，不但額角上有青筋露出，甚至連手背上都有，這段輕如羽毛的花枝，竟似已變得重逾千斤。

——這又是爲了什麼？

過了很久之後，丁寧才輕輕嘆了口氣：「姜先生，果然高明。」

姜斷弦苦笑。

「連這枝花我都不知應該插在何處，高明兩字，如何說起？」

「三尺童子，也會插花，」丁寧說：「姜先生這枝花爲何不知如何插？」

「這就像是著棋，丁兄這瓶花，已如一局棋，成了定局，」姜斷弦說：「我這一子落下去，若是破壞了這一局棋，那就非僅無趣，而且該死了。」

丁寧微笑。

「就憑姜先生這番話，就已足見高明。」

忽然間，滿天彩霞已現，夕陽已如火燄般燃起。

姜斷弦心裡忽然現出一片光明，隨隨便便的就把手裡的花枝插入瓶中。

瓶中的花枝忽然間就呈現出一種無法描敘的宛約細緻的風貌，花枝間所有的空間和餘隙，彷彿已在這一刹那間，被這一枝花塡滿了，甚至連一朶落花的殘瓣都再也飄不進去。

甚至連一隻蚊蚋都再也飛不進去。

丁寧的神色忽然也變得和姜斷弦剛才一樣嚴肅和恭謹，也同樣行弟子禮。

「謹受教。」丁寧說。

武林中有一種很離奇的傳說，有的人在三五丈之外，以飛花落葉都可以傷人，用一粒米都可以傷人。

這種人的武功，當然已達到了一種讓人很難想像，甚至不可思議的境界。

可是，高山大澤荒漠雲海之間，藏龍臥虎，奇人輩出，誰也不能否定這一種人的存在。

如果世上真的有人能在三五丈外就可以用飛花落葉傷人，三五丈外的葉落花飛，也瞞不過他們的動靜。

如果這個世界上真有人的武功能達到這一步境界，那麼丁寧和姜斷弦無疑都是這一類的人。

可是在這一個四月初夏的黃昏，他們居然都沒有發現，就在他們專注於刀上的精魂與瓶中的花魂時，花圃的竹籬外，也有兩個人在注視著他們。

兩個女人。

五

花圃的竹籬外，只有一個小山坡。坡上有黃花，花上有蝴蝶，蝶有眼。

蝴蝶的眼睛，好像也和人的眼睛一樣，喜歡看好看的異性。

這叢黃花上的蝴蝶，無疑是隻雄蝶，因爲牠看著的是兩個非常好看的女人。

花景因夢和伴伴站在山坡上，看著花圃裡銀杏樹下的丁寧和姜斷弦。

「他們好像在插花。」伴伴說。

「好像是的。」

「我真不懂，兩個像他們這樣的男人，怎麼會對花這樣感興趣？」

「你不懂，只因爲你錯了。」因夢說：「你根本就不懂他們這種男人。」

伴伴有一排雖然並不十分整齊，卻非常有魅力的牙齒，甚至還有兩顆虎牙。

一個在山野中長大，什麼樣的野生動物和植物都吃的女孩子，你怎麼能希望她的牙齒潔白整齊？

可是潔白整齊的牙齒，並不一定有魅力。

一副非常不整齊的牙齒，長在一個非常好看，甚至毫無瑕疵的女人嘴裡，那種魅力，卻是異常的。

尤其是那兩顆虎牙。

伴伴用左邊一顆虎牙輕輕的咬著嘴唇，那種神態，無異是在表示她的抗議，就好像一個已經懂得男女間事的小女孩，可是她的家長親友兄姐長輩卻都認爲她不懂事那種神情一樣。

這種神情花景因夢怎麼會看不懂？

「我知道你很瞭解男人。」花景因夢說：「有很多很難瞭解的男人，你都和他們相處過。」

沉默。

在沉默中再次響起來的聲音，依舊還是花景因夢的聲音。

「你可以瞭解，你和這些男人接觸之後，當然是在很親密很親密的情形之下接觸之後，你當然會對他們有很深很親密的瞭解。」

伴伴能說什麼？

因夢卻還是接著說了下去。

「可是你能瞭解他們的什麼呢？」因夢道：「你最多也只不過在瞭解他們的慾望、嗜好，和他們肉體上對某一種刺激的反應而已。」

她說：「其實你所瞭解的這些事，都是假的。」

「真的是什麼呢？」

「絕對的真，幾乎是沒有的。」

「那麼，你說的真，有多麼真？」

「伴伴，有些事我不想告訴你，因爲我就算想告訴你，你也不會懂。」

「我不信。」

「你一定要相信。」

「我要你相信我說的話。」因夢說：「我也要你相信，這個世界上，有很少數的一些男人，他們的感覺和感受，都是和別人不同的。」

伴伴雖然已經明白她的意思，卻還是忍不住要問，因爲她深刻瞭解，並且非常相信，這個奇妙而神秘的女人的回答，一定可以滿足隱藏在她心底深處的某種虛榮心。

所以，伴伴又問：「那麼，你是不是認爲他們連一點男人的慾望嗜好都沒有？」

「他們有。」因夢回答：「男人的慾望和感覺、男人對女人的瞭解和反應，他們都有。」

她說：「女人也很瞭解他們這種感覺。」

這句話的意思很不明顯，所以花景因夢一定還要解釋。

「他們這種男人的慾望，遠比大多數男人都強烈。」她說：「女人們都瞭解這一點，所以常常會自動獻身給他們。」

——一個女人如果知道有一個男人對她的慾望極強烈時，對她來說，也是一種極強烈的誘惑。

伴伴瞭解這一點，因夢又問她：「剛才我說過，你不懂，只因爲你錯了。」她問伴伴：「你知不知道你錯在哪裡？」

「我正在等你告訴我。」

「你錯了，只因爲你看不出他們的內心。」因夢說：「他們做的事，如果從表面去看，一定看不出他們實際在做什麼。」

「現在我們看到的，是他們正在插花。」伴伴問因夢：「他們實際是在幹什麼？」

「是在炫耀他們自己。」因夢說：「也是想在他們的決戰之前，先給對方一點威脅，一個警告。」

「哦！」

「瓶中的花，就像是丁寧佈下的一個戰陣，只留下一處缺口。」

「缺口就是破隙？」

「是的。」

因夢說：「丁寧留下這處缺口，只因爲他要看姜斷弦是不是能攻得進去，那意思也就是說，他要看姜斷弦是不是能用手裡的一枝花把這個缺口補上。」

伴伴凝視著瓶中的花枝，過了很久，才輕輕的說：「看起來姜斷弦好像已經把這個缺口補上了。」

「是的。」花景因夢說：「看起來姜斷弦今日好像已經勝了一仗。」

她用一種很奇怪的眼光看著伴伴：「如果你要跟我賭，賭他們最後那一場決戰的勝負，如果你要賭丁寧勝，我願意以三萬兩，賭你一萬兩。」

伴伴的臉忽然又露出春花般的笑容，又露出了那雙可愛的虎牙。

「我不跟你賭，」伴伴說：「隨便你怎麼說，我都不跟你賭。」

「你怕輸？」

「我不怕輸，」伴伴說：「反正連我的人都已經是你的了，還怕什麼輸？」

「那麼你爲什麼不敢跟我賭？」因夢問：「你怕什麼？」

「我怕贏。」

伴伴很愉快的說：「我不跟你賭，只因爲這次我是贏定了。」

她說得很有把握，顯得也很愉快，奇怪的是，花景因夢的笑容，看起來居然比她還要愉快得多。

三 風鈴的聲音

一

風鈴的聲音並不一定只有在有風的時候才能聽見。

風鈴的聲音，也不一定是風鈴發出來的。對丁寧來說，風鈴的聲音只不過是一種可以令人銷魂的聲音而已。

每當他聽到這種聲音，就會想起一個夢一樣的女人。

現在他彷彿又聽到了這種聲音。

可是現在距離那一個清涼的四月黃昏，已經有很長的一段距離。

甚至可以說，已經有了一段超越過人生中萬事萬物，甚至已超越生死的距離。

那個黃昏，他和姜斷弦正在插花。

二

四月的黃昏，總是清涼的。

最後的一枝花已經插下去，瓶中的花已滿，滿得連那滿天夕陽都照不進一絲去。

瓶中錯落的花枝，每一根枝、每一朵花、每一片葉、每一個陰影，都被安置在最好的地位上，恰巧能擋住滿天夕陽，讓它連一絲都照不進來。

丁寧凝視著這一瓶花，眼中就好像服食了某種丹砂的術士一樣，忽然變得說不出的空虛和渙散，卻又顯出了一種無法描述的光芒。

——他是不是看到了他的神？

過了很久，他才能開口問姜斷弦。

「這是不是真的？」

「是。」

「你真的做到了？」

「不是我做到了，而是你做到了。」姜斷弦說：「你自己應該明白這一點。」

「你也明白?」

姜斷弦慢慢的點頭，他的神情更嚴肅，甚至已嚴肅得接近悲傷。

「別人不明白，可是我明白。」姜斷弦說：「在別人眼中看來，也許會認爲是我看出了你這一局的破綻，及時攻入，只有我才知道，刀與花的精魂已經盡在瓶中，我這最後一枝花如果不插進去，反而更見其妙。」

「爲什麼?」

「因爲有餘即不足，有空靈的韻致，就比『滿』好。」

姜斷弦悠悠的說。

「一個人無論做什麼事，都不要做得太滿，否則他就要敗。」

這道理本來是大多數人都應該明白的，只可惜這個世界上偏偏有大多數人都不明白。

丁寧忍不住問姜斷弦：

「你既然明白這道理，剛才爲什麼還要把那最後一枝花插下去?」

姜斷弦的回答簡單而明確：「因爲我好勝。」

丁寧沉默。

他也明白姜斷弦的意思，古往今來，也不知有多少英雄豪傑，就敗在「好勝」這兩個字上。

姜斷弦直視著他：「如果你是我，剛才你會不會那麼做？」

丁寧沒有回答，只是用一種很奇怪的態度說：「剛才我佈的那一局，如果不是花陣，而是刀陣，我留下的那最後一隙之地，恐怕就是死地了。」

「恐怕是的。」

「在那種情況下，你會不會做同樣的事？」

姜斷弦也沉默良久：「我不知道，」他說：「未到那一刻之前，連我自己也不知道我會怎麼做！」

他說的是真話。

高手相爭，決生死於瞬息間，在那一瞬間所下的決定，不僅是他這一生武功、智慧和經驗結晶，還要看他當時的機變和反應，甚至連當時風向的變換、光線的明暗，都可能會影響到他。

高手相爭，生死勝負本來就是一念間的事。

在那一刻，生死勝負之間，幾乎已完全沒有距離。

丁寧長長嘆息。

「是的。」他說：「未到那一刻之前，誰也不能猜測我們的生死勝負，因爲誰也不知道我們在那一刻會下哪一種決定。」

他蒼白的臉上彷彿露出像夕陽般淒艷的笑容。

「這一點，恐怕也就是我們這種人覺得有趣的地方。」

「是的。」

「那麼，姜先生，」丁寧偏頭：「你看我們今天是不是應該爲這一點，破例喝一點酒？」

姜斷弦嚴峻的眼中也有了笑意。

「能夠找到一個很好的理由喝一點酒，也是人生中比較有趣的幾件事之一，」他看著丁寧說：「你能想到這一點，就表示你的心情和體力都已好多了。」

這時夕陽將落，廚房裡已經傳出了冬筍燒雞的香氣。

冬筍燒雞，恰巧酒飯兩宜。

三

對一個生在農村裡的孩子來說，廚房裡的香氣永遠是最迷人的。

城市裡的大戶人家子弟，對廚房的感覺，只有骯髒、雜亂、油膩。

因爲他們的母親不在廚房裡。

丁寧的感覺也是這樣子的，他這一生幾乎從未走入過廚房。他甚至不願看到那些帶著一身油膩，從廚房裡走出來的人。

可是現在他的想法居然改變了。

這兩個月來，他天天都在廚房裡吃飯，伴伴總是把廚房整理得很乾淨，而且經常洗刷，大灶裡的火光明亮而溫暖，鍋子裡散發出的香氣，總是讓人覺得垂涎欲滴，靠牆的角落裡那張已經被洗得發白的木桌上，擺滿了醬油、蔴油、醋、胡椒、辣椒、蒜頭，和各式各樣可以幫助你增長食慾的調味品。

丁寧終於瞭解，當一個飢餓而疲倦的丈夫，攜著他孩子，冒著寒風歸來，聽到他的妻子正在廚房裡炒菜，嗅到廚房裡那種溫暖的香氣時，心裡是什麼感覺了。

有時還不到吃飯的時候，他甚至也想到廚房裡去走一走，尤其是在那些淒風苦雨的夜晚，能夠坐在爐火邊，安適的吃頓飯，真是種無法形容的享受。

流浪在天涯的浪子們，你們幾時才能有這種享受？你們幾時才懂得領略這種享受？

用砂鍋燉的冬筍雞已經擺在桌子上，鍋蓋掀開，鍋裡還在「嘟嘟」的冒著氣泡。

伴伴正把一罈放在爐灰裡溫著的酒，從大灶裡拿出來。

她彎著腰，把一身本來已經很緊的衣裳繃得更緊，襯得她的腰更高，腿更長。

而且，一到春天，年輕的女孩們還有誰肯穿太厚的衣裳？

丁寧盡量不去看她，只是去看她手裡的那罈酒。

在這種荒僻的地方，能夠有這麼樣一罈酒喝已經很不錯了，只不過對兩個酒量都非常好的人來說，這罈酒實在未免太少了一點。

「此時此地，酒本來就不宜過多。少飲爲佳，過量就無趣了。」

他們都這麼樣說，都希望對方能少喝一點，讓自己多喝一點。

喝酒的人都是這樣子的。

看見有足夠的酒，就希望自己能先把別人灌醉，酒不夠的時候，就要搶著喝。

幸好他們都還可以算是相當斯文的人，所以搶得還不算太兇。

用山泉釀成的新酒，當然不是好酒，卻自有一種清冽的香氣。

對他們這種酒量的人來說，喝這種酒簡直就好像喝茶一樣。

兩個人雖然盡量保持斯文，可是一砂鍋燒雞只吃了兩筷子，一罈酒就已只剩下一半了。

伴伴輕輕柔柔的說：「這種酒有後勁，你們還是慢點喝的好。」

姜斷弦忽然大笑。

姜斷弦是世代的劊子手，是世襲的刑部執事，世世代代，都是以砍取人頭爲他們的職業，雖然他們砍的人頭是該砍的頭，也是人頭。

在這種家族裡生長的孩子，從小就會感受到一種別的小孩們無法想像，也無法承受的陰鬱之氣，他們六七歲的時候，只要站到那裡看別的孩子一眼，就可以把比他們大很多歲的孩子嚇跑。

尤其是姜斷弦。

甚至連他的長輩們都說他是個很特別的人，從小就很特別。

在別的小孩都會哭的時候，他不哭，在別的小孩都會笑的時候，他不笑。

十七歲的時候，他已領了第一趟紅差，殺人頭顱如砍蘿蔔。

然後他就是刑部的第一號劊子手，別人見到他，連哭都哭不出。

然後他就變成了橫掃江湖，殺人如稻草的彭十三豆，別人見到他，更哭不出，更莫說笑了。

這麼樣一個人，這一生中，也許根本就不知道「笑」是應該怎麼笑的。他笑的時候，也許比一個人一天中笑的時候還少。

可是這麼樣一個人現在卻忽然笑了，而且大笑，而且笑得開心極了。

「你要我們慢慢喝，你是怕我們喝醉？」姜斷弦大笑：「如果這麼樣一點比鳥還淡的酒，也可以把我們喝醉，那才怪。」

他不但大笑，而且笑彎了腰。

無論任何一個認得姜斷弦的人看到他這麼樣大笑，都不會相信自己的眼睛，無論任何人聽見他說出這樣的話，也不會相信自己的耳朵。

因爲這是不可能的。

這種笑聲，怎麼可能從這麼樣一個人嘴裡發出來？

——他是不是瘋了？

姜斷弦當然沒有瘋，他一向鎮定冷靜，嚴峻如岩石，怎麼會忽然發瘋？

——他是不是醉了？

姜斷弦當然不會醉。

在他們這種家族裡，有一種很特別的習慣——喝「早酒」。

在執刑前，在天剛亮的時候，在別人宿酒尙未醒的時候，就要喝酒了，喝早酒。

從小就養成這種習慣的人，酒量總是要比一般人好一點的，有時候甚至還不止好一點而已，在一般情況下，「酒量」本來就是練出來的。

姜斷弦的酒量，一向都比大多數人都好得多。

今天晚上他只不過喝了一小罈山泉新釀半罈中的一半而已，他怎麼會喝醉？

就算他一個人把這一罈酒全都喝光，也不該有一點醉意。

就算他一個人把這種酒再多喝三五罈，也不應該醉的。

他既沒有瘋，也沒有醉，爲什麼他忽然間就好像變成了另外一個人？

丁寧呢？

丁寧的頭上在冒冷汗。

他也覺得姜斷弦變了，好像就在剛才那一剎那間忽然變的，從一個冷峻嚴肅、擁有極高地位的人，忽然間變得說不出的輕邪而怪異。

這種改變本來是絕無可能發生的，尤其不可能發生在姜斷弦這一類人的身上。

難道這罈酒裡被下了某種可以使人神智迷幻的邪藥？

丁寧立刻否定了自己這種想法。

以他的智慧、經驗，和反應，酒裡只要有千分之一的藥物，他相信自己都能在酒杯沾及嘴唇的那一瞬間感覺出來，再慢也不會等到酒已喝進喉嚨裡的時候。

如果有人想在酒中下毒暗算他，那個人非但愚不可及，簡直是在自己找死。

姜斷弦的仇家遍佈天下，朋友幾乎沒有一個，他對自己當然保護得更好，要暗算他，當然更不容易。

丁寧想不通這是怎麼回事，而且也無法繼續思想。

他忽然也覺得有一陣酒意上湧，頭也暈了，此後這半個時辰，竟變成了一段空白。

在這段時間裡這地方發生了一些什麼事，他完全不知道。

他居然也像姜斷弦一樣醉了，醉得很可怕。

大灶裡的火雖然依舊燒得很旺，伴伴的臉色卻成蒼白，眼睛裡充滿了驚訝和恐懼。

——這兩個千杯不醉的人，怎麼會醉得這麼快？

她又想起那個美如幽靈，讓她情不自禁神魂顛倒的女人告訴她的話：

「不管酒量多好的人，只要喝上三杯，都非醉不可。」

伴伴輕輕嘆了口氣，直到現在爲止，她還不知道自己該不該這麼做。

不管怎麼樣，她這樣做總是爲了丁寧，她還是像以前一樣，只要能幫助丁寧得勝，她還是不惜犧牲一切。

可是她這麼樣做，是不是真的對丁寧有好處呢？

伴伴又不免嘆息。

她只希望丁寧不要受到傷害，只希望自己沒有做錯事。

四

嫣紅如火的夕陽已消沉，慕容秋水卻仍然獨坐在黑暗的晚窗前，手中有笛未吹，屋裡有燈未點，窗外什麼都看不見，夜空下剛剛才有一顆寒星升起。

韋好客的眼睛也是黯淡的，他正好用黯淡的眼神看著慕容秋水。

他永遠忘不了慕容秋水眼看著他一條腿被鋸斷時臉上那種表情。

那時候慕容秋水臉上根本沒有表情。

短榻上舖著一張色彩鮮艷得幾乎已像是圖畫般的貂皮。

穿一身灰白色衣裳的韋好客就斜臥在這張短榻上，膝蓋以下的部份都被一張和他衣裳臉色同樣灰白的狐皮蓋住。

其實他膝蓋以下可以被掩蓋的地方已經比平常人少了一半。少了一隻腳和半截腿。

慕容秋水也許還不能算是一個很壞的人，可是他有很多很壞的習慣。

他的起居無常，飲食無定，胃口壞的時候，什麼東西都吃不下，甚至連碰都不要碰，連看都不要看，這樣東西也許就是他昨天晚上連續吃了十八碟還要再吃的，等到明天晚上，他也許還會像那樣照吃不誤，而且吃個不停。

可是今天晚上，他不睡，也不看。

有時候他也很喜歡熱鬧，在他那以特別華麗優雅著稱於王侯間的庭園中，夜夜金杯引滿，朝朝小圃花開。歌舞笙歌，徹夜不絕。

他喜歡熱鬧的時候，真是喜歡得要命。

只不過，最要命的時候，還是他不喜歡熱鬧的時候。

對他身邊的一些人來說，這種時候簡直是酷刑。

因爲在這段時候，他的要求是「絕對沒有」，沒有燈火，沒有動靜，沒有聲音。

在這段時候裡，他嚴格要求他的屬下們爲他做到這一點。一定要讓他絕對的獨處、絕對的安靜。

現在就是這樣子的，所以從他面對著的夜窗中望出去，那廣大的庭園中，連一點燈火都沒有。

寂寞，有時候雖然像是一條蟲，在啃噬著他的靈魂，有時候卻又像是一雙溫柔的女手，在軟軟的撫摸他的肉體和他的心，讓他那千創百孔的心靈，得到短暫的安息，讓他的力量能夠重生。

孤獨，安靜，寂寞，都是種非常有效的復原劑。

這時候花景因夢已經在黑暗中站立很久了。

她身上穿著的雖然是一身雪白的衣裳，她的臉色雖然也是白如雪，可是她這個人卻彷彿已溶入黑暗中，甚至已像是和黑暗融爲一體。

她甚至已經是黑暗的本身，多麼黑暗，多麼神秘，多麼優美，多麼淒冷。

她用一種夜色般的眼色看著他們，已經看了很久。

他們就這樣被她看著。

——「看」，並不一定就是「看見」，看見也不一定就要看。

也許她雖然在看著他們，卻沒有看見，因爲她心裡在想著別的人、別的事，所以視而不見。

慕容秋水看著的是一片無邊無際的黑暗，韋好客在看著的是那暗如春夜秋水般的慕容，他們都沒有在「看」她，也沒有看到她。

可是他們都已經知道她來了。

最重要的是——他們也知道她是爲了什麼來的。

五

花景因夢看著夕陽消逝，看著夜色降臨，看著屋子裡這兩個又有名聲、又有地位、又有權勢，卻完全沒有歡樂的男人，沉浸於一種甚至比夜色更黑暗的藍色哀傷裡。

——夜是黑的，「藍」有時比「黑」更黑。

這種顏色，這種感覺，很可能使她自己都忍受不了。

所以她點亮了燈。

燈就在韋好客身邊，短榻邊是一張高几，几上有一盞玻璃水晶燈，所以燈光一亮起，就熱上了韋好客那張黯淡的臉。

因夢俯視著他的臉，眼波溫柔，聲音也溫柔。

「我知道你現在一定很虛弱，應該多吃點補血的藥。」她說：「人參、川七，都很好，每天早上喝一碗豬肝湯也不錯。」

她壓低聲音，像一個關心的情人般悄悄的告訴他：「如果有新鮮的人肝就好了。」

她當然知道，如果韋好客想吃一個人的肝，就是她的肝，可是她的樣子看起來卻好像完全不知道一樣。

「下次你再跟別人打賭，千萬不要再下這樣的賭注了。」因夢說：「一個人最多只有兩條腿，無論誰都輸不起的。」

她又說：「可是一個人如果輸了，就要認輸，不管他下多大的賭注，都要賠出去，否則他就不是男子漢了。」因夢告訴韋好客：「所以你輸了，我就一定要你賠，因爲我一直把你當作男子漢。」

「我明白。」

韋好客臉上居然也露出笑容：「你說的話，我完全都明白。」

「你也沒有生我的氣？」

「沒有。」

「也不傷感情？」

韋好客點頭，因夢笑容如花：「如果真的是這樣子，我的心就安了。」

最能讓花景因夢安心的，當然還是那罈酒，她非常瞭解那種酒的珍貴，也非常瞭解那種酒的酒力。

那種酒甚至已經不能算是一種酒，而是一種迷藥，無論什麼人喝下三兩杯之後，都會喪失他的意志力和控制力，就算有天下無敵的酒量，也不例外。

可是那種酒卻又偏偏真的是酒，就好像千錘百煉、可以削鐵如泥的神兵利器一樣，它的本質依舊是鐵。

最妙的是，那種酒的名字就叫做「鐵汁」。

「鐵汁呢？」

「我已經把它羼入了一小罈當地人用山泉釀成的新酒裡，交給了柳伴伴。」因夢說：「我相信她一定會照我說的那樣做。」

「你有把握？」

「我有。」

問話的人是慕容，此刻他臉上的表情卻已不是慕容秋水這樣的貴公子應該有的，現在他的笑容看來簡直就像是個惡棍。

「你有把握？你相信她一定會聽你的話？」慕容用惡棍般的態度問因夢：「你是不是認爲她已經被你迷死？」

他心裡當然是不會太舒服的，伴伴畢竟曾經是他的女人，自己的女人被一個女人搶走時，雖然要比被另外一個男人搶走舒服一點，畢竟還是不太舒服的。

因夢明白，卻又好像不明白。

「她也是女人，我也是女人，她怎麼會被我迷死？」因夢說：「她這麼做，只不過因爲她怕死了。」

「怕死？」慕容問：「怕什麼？」

「怕死了你們這種男人。」因夢說：「不但怕死，而且怕得要命。」

慕容仍然在笑，可是他的笑容已經僵硬得好像是用刀刻在臉上。

「你的意思是不是說，丁寧也是我們這一類的男人？」

因夢笑得像嬰兒般可愛天真，「好像是的，」她說：「我的意思好像就是這樣子的。」

慕容秋水手裡雖然有了一隻水晶杯，他本來是想喝酒的，可是杯入掌，忽然碎了，粉碎。

在這種情況下，花景因夢的笑容當然更可愛，聲音當然更溫柔。

「我知道你現在一定很不開心，似乎我一定要把一件能夠讓你開心一點的事情告訴你。」

「什麼事情？」

「你的那瓶鐵汁已經不在那個酒罈子裡了。」因夢說：「我保證現在它已經在丁寧和姜斷弦的肚子裡！」

就在她說出這句話的這一瞬間，慕容秋水臉上的笑容忽然又變得他往昔那麼溫柔、優雅、高貴，然後又以一種毫無瑕疵的貴族聲問因夢。

「你剛才說的話，是不是真的？」

「是。」

「你能確定？」

「能。」

「你有把握？」

「有。」

慕容公子輕輕的、長長的、慢慢的吐出了一口氣，他這個人就完全鬆懈了，就好像服食了某種特異的丹砂一樣，全身上下每一個地方都完全鬆懈。就好像一個處男忽然變得不是處男的那一瞬間的情況一樣。

然後他就用一種異常滿足又異常衰弱的聲音問韋好客：「現在的情況，你是不是已經完全明白？」

「是。」

「現在我們是不是已經可以請勝三到這裡來了？」

「是的。」

六

勝三也許並不姓勝，排行也不是第三，別人叫他勝三，只不過因爲經過他「處理」的人，通常都只有「三」樣東西能夠「剩」下來。

哪三樣東西呢？

經過他「處理」的人，通常的情況是——性命已經喪失，頭髮已經拔光，眼睛已被挖出，鼻子、舌頭、耳朵都已被割下，牙齒、指甲都已被拔掉，皮膚已被剝，四肢已被破，甚至連骨頭都已被打散。

這個人剩下的還能有三樣？是哪三樣？

那是不固定的，勝三要他剩下哪三樣，他剩下的就是那三樣。

他「處理」過一個人之後，通常都會爲那個人保留三樣東西剩下的。

「我的心一向很軟。」勝三常常對人說：「而且我不喜歡趕盡殺絕。」

他說：「不管我做什麼事，我都會替別人留一點餘地，有時候我留下的甚至還不止三樣。」

有一次他爲一個人留下的是一根頭髮、一顆牙齒、一枚指甲，和鼻子上的一個洞。

勝三看起來是個很和氣的人，圓圓的臉，笑起來眼睛總是會瞇成一條線，餘暇時除了看看書種種花散散步吃吃東西之外，最喜歡的就是「小」。

——小雞、小狗、小兔、小猴子，甚至連小牛、小羊、小豬他都喜歡。

有人甚至親眼看到過他抱著一隻小豬睡覺。

這種人當然不喝酒的，滴酒不沾。

勝三把一匹白布全都撕成一條條兩寸寬的布帶，他的手法不但快，而且確實有效，不到片刻就把一匹布都撕光，每一條布帶的寬度都幾乎完全一樣。

然後他就用這些布帶把自己身上多餘的肥肉都綁緊。

近年來他已很少再「出差使」，養養豬狗花草是用不著費力氣的，所以他身上的肥肉就好像未經修剪的花草邊的雜草一樣「亂生」出來了。

修剪花草當然不是他最大的嗜好，他最大的嗜好當然還是「處理」人。

在這一方面，他絕對可以算是專家。

有人問他：「爲什麼別人說你是個『處理』專家？」

「因爲我的確是。」

「你處理的是什麼？」

「是人。」

「人也要處理？」

「當然要。」勝三說：「這個世界上最需要處理的就是人。」

他甚至還強調：「我當然垃圾也要處理，糞便也要處理，否則這個世界上就臭得不像樣子了，可是最要處理的，還是人，有些人如果你不處理他，我可以保證這個世界一定會變得更臭。」

「你說的是哪些人？」

「我說的是那些犯了法卻不肯承認的人，自己心懷鬼胎卻拚命要揭發別人隱私的人，和那些明明應該受到懲罰，卻總是能逍遙法外的人。」

「別人說你是『處理專家』，是不是因爲只有你才能讓他們說真話？」

「是的。」

一匹布可以撕成很多條布帶，勝三身上多餘的肥肉卻不太多。

餘下的布帶，是他爲那些曾經和他同進退共生死的伙伴們準備的。

他的伙伴們也和他一樣，漸漸開始有一點發福了，發福雖然不是「福」，這些人卻還都是身經百戰經驗豐富的老手。

他們的拳頭落下去的時候，通常都是最容易讓人說實話的地方。
如果他們要懲罰一個人，那個人通常都會希望自己根本就沒有生下來過。
勝三甚至曾經向人保證：「經過我們這班兄弟處理過之後，甚至連一個處女都會承認自己生過八個孩子。」
所以也有很多人希望勝三這個人根本就從未活在這個世界上。
現在勝三正在看他的伙計們把一條條白布帶用一種非常特別的手法，把自己多餘的贅肉包紮纏緊，就好像一個傷科大夫用來爲病人止血的那種包紮方法一樣，簡單準確而有效。
經過這一重手續之後，再穿上小麻皮裁縫店那些連一粒麻子都沒有的女裁縫們做的緊身衣，他們的體態看來就和年輕的時候完全一樣了。
可是勝三非常瞭解他的這些伙伴們，他們這麼做絕不是爲了要讓別人覺得好看的，更不是爲了行動上的方便。
對他們這些人來說，這一點才是最重要的。
他相信他們在行動時的表現，絕不會讓人失望，更不會較人遜色。
他相信他們一定也會像往常一樣，把這次任務圓滿完成。
這次任務，已經是他們的第一百八十六次。

七

丁寧是個很灑脫的人，臉上總是帶著種讓人覺得很舒服的表情，從容自在，揮灑自如。

姜斷弦臉上的表情卻總是會讓人覺得很不舒服。一張完全沒有表情的臉，總是會讓人覺得很不舒服的。

可是現在他們兩個人臉上的表情看起來卻覺得差不多。

——喝醉酒的人，臉上的表情豈非總是差不多？

柳伴伴看著他們，心裡忽然覺得有種說不出的恐懼。

現在大灶裡的爐火還在燒著，擺在灶上溫著的半鍋冬筍燒雞依舊可以讓人食慾大增，廚房裡還是同樣保持著它那分溫暖和親切，喝了酒的人總是會喝醉的。

一切都沒有改變，可是柳伴伴卻忽然有一種很可怕的預感，覺得每件事都快要改變了，而且立刻就會改變。

她甚至感覺到，所有一切溫暖美好的事，在一瞬間就會改變爲災難和不幸。

她的預感，就好像大多數飽經滄桑，聰明而美麗的女人們的預感一樣，通常都不會錯的。

她們這種女人就好像某一些反應特別敏銳的野獸一樣，有一種非常神秘而且無法解釋的第六感。

她們的這種感覺，甚至已經和江湖中那些超級殺手和超級浪子的第六感非常接近。

——一個高級妓女和一個超級江湖人，在某一方面來說，是不是屬於同樣的一類人？

柳伴伴這次的預感果然也沒有錯，她預感中那種可怕的變化，果然就在這一瞬間發生了。

八

廚房的門是關著的，卻沒有上栓。

——有很多人認爲，廚房的房門就好像妓女的房門一樣，是永遠爲人開放的，所以既不上鎖，也不上栓。

這種說法聽起來好像很有理由，其實卻大錯特錯，因爲妓女的房門上栓鎖的時候，遠比其他任何地方上栓鎖的地方都多。尤其是好看的妓女。

廚房的門沒有上栓，也不必上栓了，因爲這扇門忽然間就已經變成了兩三百片碎木頭。

明明裝得很好的一扇門，忽然間就被卸了下來，一個人舉手，「砰」的一聲，門已碎裂，每一個碎片都被一個人抓住，有的用手拗，有的用肘撞，有的用掌擊，有的用拳打。

於是這一扇完完整整、結結實實的門忽然間就變成一地碎木頭。

碎木頭不是門，門已不見。

一行八九個人，踩著碎木頭走進了廚房，每個人都已經有四五十歲了，可是每個人的動作都很靈活矯健，走起路來的樣子，就好像一個十七八歲的市井少年，剛殺了他們那個地盤的老大一樣，趾高氣揚，神氣活現，全身上下每一根血管裡的精力，都彷彿隨時可以爆炸。

一行八九個十七八歲的強壯少年都用這種步伐和姿態走進了一個廚房，已經讓人覺得很震驚了，何況他們都已是中年人。

何況他們剛才把一扇門變成一堆碎木頭的手法，又是那麼快，那麼準，那麼確實，那麼有效，每一拗、每一撞、每一掌、每一擊，每一個動作的落點都在最準確的地方。絕對可以造成最大的破壞力。

如果他們對付的不是一扇門，而是一個人，如果他們還是用這種方法去對付這個人，那麼他們所造成的殺害力和損害力，恐怕就只有用「毀滅」兩個字才能形容了。

最主要的一點是廚房的門根本沒有上栓，他們要進來，根本不必把一扇很好的門毀掉。

他們這樣做是不是爲了示威？

不管他們這樣做是爲了什麼，件件都覺得全身上下每一個毛孔都已經開始沁出了冷汗，每一根肌肉都已經開始收縮，甚至連膀胱都已縮緊。

可是從表面上看來，她好像連一點感覺都沒有。

她這時安安靜靜的坐在她原來的地方，看著這些人帶著一種異常沉靜的態度，用一種異常沉靜的步伐，慢慢的走進了這間廚房。

然後呢？

然後他們就做出了一連串別人所無法想像的行爲，他們這種行爲，甚至延續了半個時辰之久。

半個時辰，已經可以算是很長的一段時間了，已經可以做很多事。

——半個時辰是多長的時間？半個時辰裡可以做多少事？

這種觀念，有多少人能瞭解？

有多少人能有這種觀念？

九

勝三踩著滿地碎木，大步走進了廚房。

廚房裡的情況完全和慕容秋水保證的一樣，只有兩個已經大醉的男人，和一個腰極細腿極長的女人。

對這一點，勝三覺得很滿意。

他喜歡做這一類的事，但是他不喜歡有意外的情況，他的伙伴們已經不多了，他希望他們都能活到七十歲。

現在的情況看起來雖然都已在他的控制之下，可是他仍然不願出一點差錯。

所以他一定要先問這個細腰長腿的女人。

「你就是柳伴伴？」

「是。」

「這個年輕的小伙子就是丁寧？」

「是。」

「另外一個就是姜斷弦？」

「是。」

「也就是那個彭十三豆？」

「是。」

「你會不會錯？」

「絕不會。」

勝三輕輕的吐出了長長的一口氣：「這麼樣看來，我好像並沒有走錯地方，也沒有找錯人。」

「你沒有。」

勝三微笑：「那就好極了。」

就在勝三臉上的笑紋開始出現的時候，他身邊已經有兩個人開始行動。

這兩個人的拳頭就在這一瞬間，打上了姜斷弦和丁寧的後腰。兩個人打的部位都是完全一樣的，打的都是一個人腰後最軟弱的部分。

然後他們就繼續揮拳痛擊，他們的拳頭落下時，就好像屠夫的刀。

伴伴已經開始覺得要嘔吐，可是她忍住，經過這一連串慘痛的經歷後，她已經學會忍受一些別人所無法忍受的事。

她想哭，又忍住。

她的臉看起來居然還有一點很愉快的樣子，她就用這種樣子問勝三：

「你問我的話，我全都回答了，現在我可不可以問你一件事？」

「可以。」

「你當然知道丁寧和姜斷弦是什麼樣的人。」

「我知道。」勝三說：「他們都是名動天下的高手，可是現在在我眼中看來，他們只不過是兩塊死肉。」

他的聲音裡並沒有一點威脅或者是誇耀的意思，他只是很平靜的在敘說一件事實。

「在我的兄弟們手下，不管什麼人都很快就會變成一塊死肉的。」勝三說：「可是他們一向都不急。」

「不急？」仵伴忍不住問：「不急是什麼意思？」

「不急的意思，就是他們並不急著要把一個人變成一塊死肉。」

「我還是不懂你的意思。」仵伴說。

勝三笑了笑：「那麼我問你，你有沒有看見過一位名伶急著要把他們的一齣名劇演完的？」

「我沒有。」

「我的兄弟也一樣。」勝三說：「他們處理這一類的事，就好像一位名伶在演出他的名劇一樣，通常都喜歡用一種比較緩慢而優雅的方法，因為對他們說來，這種事並不是一種急著要交差的事，而是一種藝術，一種享受。」

他帶著微笑對伴伴說：「如果你還不明白我的意思，你只要看看他們的演出就會明白了。」

說完了這句話，他就選了一張最舒服的椅子坐下來，帶著一種非常讚賞的態度，開始欣賞他兄弟們的表演，真的就好像一個非常「懂戲」的人在看戲一樣。

第一拳擊出後，他們的動作就慢了下來，每一個動作都變得異常緩慢而優美。

他們先開始打丁寧和姜斷弦身上最軟弱的部位，然後再開始打他們的肩、股、臂、和腿。使他們的痛苦越來越加深，卻不會讓他們太快暈倒。

——暈過去之後，就不會感覺到任何痛苦了。

暈厥本來就是人類保護自己的本能之一。

一個喝醉酒的人如果吐了，就會變得清醒一點。

他們當然不希望丁寧和姜斷弦清醒。

對這些兄弟們的傑出表現，勝三很明顯的表現出他的讚賞和滿意。

「你覺得他們怎麼樣？」勝三問伴伴。

「我只能用兩個字形容他們。」伴伴嘆息著說：「我覺得他們真精采。」

她說的不是實話。

她只覺得要吐。

她寧可他們用一種更殘酷、更暴烈的方法去對付丁寧和姜斷弦，她寧可他們用市井匹夫流氓打手們用的那種方法去毒打他們，打得他們頭破血流，骨折肉裂，她反而覺得好受一點。這種打法，她實在受不了。

可是她再三告訴自己，絕不能把自己心裡的想法表現出來。

她受到的折磨和苦難已經夠多了，何況她的苦難並不能使丁寧和姜斷弦的痛苦減少。

——這個女孩是不是已經變得比較聰明了一點？

——女人對這一類的事是不是總是學習得比較快？

勝三忽然轉過身，面對著伴伴，用一種非常溫和友善的聲音問她：「你有沒有看見過一個好吃的人在慢慢的享受他一種非常豐富的晚餐？」

「我看過。」

「你看我的兄弟們現在的表情，是不是也像那些人一樣？」

「好像有一點。」

勝三微笑：「我的兄弟們當然也是跟我一樣的人。」他又問伴伴：「我既然也跟他們一樣，爲什麼沒有和他們一起去享受這種晚餐？」

「因爲你有你自己爲自己留下的晚餐。」伴伴說：「一個做老大的人，就算自己不留，他的兄弟們也會替他留下來的。」

「有理。」

「一個做老大的人，他自己的晚餐通常都會比他的兄弟好一點。」

「通常都是這樣子的，」勝三說：「只不過這一次有一點不同。」

「哪一點？」

「這一次不但比以前的都要好一點，而且我還可以保證，你絕對想不到我今天的晚餐是什麼。」

伴伴的臉色忽然變了，心裡忽然覺得說不出的恐懼。

剛才他們出手對付丁寧和姜斷弦，她還能控制自己，因爲直到現在她才真正發覺到這種恐懼，因爲直到現在她才發現勝三看著她的眼神，就好像是一匹狼和一條毒蛇的混合，不但冷酷殘暴，而且貪婪邪惡。

可是她一定要把這種恐懼盡量隱藏起來，所以她還是問勝三：「今天你的晚餐是什麼？」

「是你，」勝三說：「今天我特別爲自己留下的晚餐就是你。」

伴伴閉上眼睛，眼前又是一片黑暗。

她想不通，爲什麼有些人總是活在噩夢裡，雖有間斷，卻無休止。

她活著，好像只因爲等待那一個接一個的噩夢間的片刻間隙。

——這一場噩夢什麼時候會醒呢？

她不知道。

這時候她已聽到一種很奇怪的聲音，一個拳頭沉重而緩慢的打在她乳房上的聲音。

然後，她才覺得有一種奇異而熟悉的感覺，像浪潮湧上沙灘般遍佈她全身。

最可怕的是，這種感覺究竟是痛苦還是快樂，連她自己都已分不清。

十

這個計時的沙漏是用一種很珍貴的水晶雕出來的，再配上手工極精細的鏤金架子。

慕容秋水這一生中所用過的每一樣東西，都是精品中的精品。

他對他生命中每一樣東西、每一件事都非常挑剔。

現在他正在計時，計算勝三和他的兄弟要等到什麼時候才能達成任務。

慕容秋水的估計是一個時辰。

勝三現在做的這一類事，本來用不著這麼長的時候，這種事本來是一種很簡單的事，用的方法本來應該是最直接的方法，簡單、直接、有效，而且絕不浪費時間。

可是勝三在處理這一類事的時候，所用的方法卻是完全不同的。

因爲他把這種事變成了一種藝術，一種享受。

沙漏中的沙子慢慢的流下去，流得雖慢，卻不會停，如果它停，只因爲沙已流盡。

現在它停了，現在已經到了一個時辰。

慕容秋水站起來，走到韋好客的臥榻旁：「你是不是已經叫人把我那匹『八百』準備好了？」

「是。」

——「八百」是一匹馬，可以「夜行八百里」的快馬。

「那麼我現在就要走了。」慕容說：「我一定要在丁寧和伴伴還沒有死的時候，去看一看他們。」

他的聲音異常溫柔：「你知道，他們都是我的好朋友。」

看著慕容走出去之後，韋好客也閉上了眼睛，眼前也是一片黑暗。

他也不懂。

他不懂他自己爲什麼總是會替慕容秋水去做很多他本來不願意做的事，直到他殘廢之後，慕容秋水還是同樣要他做。

他覺得自己好像上輩子欠了慕容秋水的。

在看著慕容走出去的這一瞬間，韋好客忽然覺得好後悔好後悔。

他忽然覺得自己好對不起丁寧。

四　冬筍燒雞酒

一

快馬畢竟是快的，慕容秋水很快就看到了丁寧養傷的那間木屋。

很柔和的燈光從屋子裡透出來，夜色那麼溫柔，小木屋靜靜的安睡在夜色中，看來那麼和平、寧靜。

可是慕容知道這棟木屋裡的和平寧靜已經完全被破壞了。

慕容一向很少單獨行動，這一次卻是例外，因爲這一次行動完全在他的控制之下，絕不會出一點差錯。

他絕對相信勝三和勝三的那班兄弟，如果不是在絕對安全的安排下，這些人也不會開始行動。

他們也絕不會做冒險的事。

他們的生活已經很舒服，已經開始怕死了。

令人想不到的是，慕容秋水看見這些人的時候，這些人都已經是死人。

大灶裡的爐火已經熄了，桌上的菜已經冷了，人已經死了。

勝三和他的兄弟們，本來已經佔盡了優勢，他們的拳頭總變成了別人的噩夢。

可是現在他們都已經倒在地上，每個人都像是一根被拗擰了的釘子，扭曲、歪斜，冷而僵硬。

他們到這個地方來的時候，一共有九個人，現在倒在這個廚房裡的人，也是九個人。

他們是來「整理」丁寧、姜斷弦，和伴伴。可是現在丁寧、姜斷弦，和伴伴卻全都不見了。

要整理別人的人都已倒下，被整理的人反而不知行蹤。

這是怎麼回事？

沒有人知道這是怎麼回事，慕容秋水也不知道。

只有一件事是每個人都可以確定的，這個地方剛才一定發生了某一種極可怕的意外變化。

最重要的一點是勝三和他的兄弟們都是身經百戰，經驗豐富的老手——縱然不能算高手，卻無疑是老手。

老手通常也是好手。

要對付這種人並不容易，可是現在他們卻好像是死在同一瞬間，連一個能夠逃出門的都沒有。

他們的屍體看來僵硬而扭曲，面容恐怖而詭異，無疑是被人用一種極奇秘而詭秘的手法，在一瞬間刺殺於當地。

這個人是誰？

慕容秋水還是很鎮定，而且連神情都沒有一點改變。他一向是個非常冷靜，非常有自制的人。

可是他心裡是什麼感覺呢？

他只覺得手心裡已經冒出了冷汗。

燈還是亮著的，並沒有被震碎，也沒有被打滅，可見這裡並沒有經過很慘烈的激戰。

從這一點也可以證明，出手的人在極短的時刻裡，就已制伏了勝三和他所有的兄弟。

更重要的是，這個人進來的時候，居然沒有人提防他。

想到這一點，就可以把這個「兇手」的範圍縮小很多了。

慕容秋水取過了一盞燈，提起了一個死人，開始檢查。

他一定要先查明這個人致人死命時所用的是什麼手法。

這個死人全身上下每一個部份他當然都不會錯過，甚至連每一根肌肉的變化都不肯錯過，甚至連衣服的褶印都不錯過。

甚至連毛髮的鬈曲和皮膚、指甲的顏色都沒有錯過。

然後慕容秋水的瞳孔就開始收縮。

——他是不是已經想到這個兇手是誰？

——他是不是已經把握到很確切的證據？

一向非常冷靜鎮定的慕容公子臉上，忽然出現了一種別人很難看到的表情。

他那張蒼白、高傲、冷漠，具有一個真正貴族所有特色的臉，忽然因爲憤怒而扭曲。

可是就在這一瞬間，他的臉色又變了，從恐怖的扭曲，又變爲溫柔和和平。

現在慕容秋水又是慕容秋水了，溫柔如水，高傲如水，冷如水。

他就用這種眼色，看著窗外的一片黑暗空瞑，然後他又做了一件奇怪的事。

他忽然說話了，面對著那一片空瞑黑暗，他居然說話了。

空瞑與黑暗都是聽不到任何聲音的，他是在對誰說話？

他說，慕容秋水說，說了兩個字：

「你好。」

這句話他是對誰說的？這個人是不是能聽見他的話，是不是能回答？是的。

就在他問過這句話之後，那一片空瞑的黑暗中已經有人在回答。

「你是不是在問我好不好？」

「是。」

「這句話你不該問我的。」

「爲什麼？」

「因爲你應該知道現在我不好。」

「爲什麼？」

黑暗中的回答是用一種非常非常令人銷魂的聲音。

「因爲你。」

這種回答是非常奇怪的，因爲回答這句話的聲音是一個女人的聲音。

如果有一個女人告訴你，你所有的痲煩，都是因爲她而起的。

你是什麼感覺？

如果一個女人告訴你，她的煩惱，都是因爲你而起的。

你怎麼辦？

在這種情況下，你的辦法是用一把梳子去解決，就好像你的頭髮都已經打結一樣。

在這種情況下，你是不是只有用一把梳子才能解決？

理是理不斷的，剪是剪還亂的。

梳子，最有效。

這個世界上有些人就像是梳子一樣，因爲這個世界上也有一些人像頭髮。

梳子生成就是來對付頭髮，這個世界上有梳子這樣東西，就因爲人有頭髮，所以人才會發明梳子。

頭髮就要用梳子來梳，用剪刀剪，頭髮沒有了，有拔子拔，頭髮也沒有，不用梳子梳，頭髮也會沒有的。

所以梳子就出現了。

梳子也有很多種，有的好看，有的不好看，有的珍貴，有的便宜。

現在出現的這個梳子，就屬於最珍貴、最好看的一種。

這個梳子，就是花景因夢。

對男人來說，花景因夢就像是一把梳子對一頭頭髮一樣。

這個女人就好像是天生就用來對付男人的。

慕容秋水是不是頭髮？

一個男人，如果愛一個女人，那個女人就是梳子，他就是頭髮。

慕容已經不會愛人了，甚至已經連他自己都不愛，難道會愛別人？難道會愛因夢？

他不愛因夢。

可是，他是頭髮。

一個男人如果有一點弱點被一個女人看出來，而且抓住，這個女人就是他的梳子了，隨時隨地都可以梳他的頭髮，梳得服服貼貼。

「因爲我？」

慕容秋水看著幽靈般從黑暗中出現的花景因夢：「你說你最近不好是因爲我？」

他並沒有顯露出驚奇的樣子，因夢居然會忽然在這裡出現，好像本來就在他意料之中。

他甚至還在笑。

「你說我做了那麼樣一件見不得人的事，你讓我時時刻刻都要愼防丁寧的兄弟姐妹親戚朋友，你還鋸掉了我最好的朋友一條腿。」慕容微笑說：「現在你居然還說你不好是爲了我？」

「是的。」花景因夢也在笑：「我就是要這麼樣說。」

她笑得當然比慕容秋水好看，而且比大多數人都好看，可是慕容卻沒有一點欣賞的意思。因爲他知道這種女人笑得最好看的時候，就是最可怕的。

「你知不知道我這麼樣才是對的。」因夢說：「不對的是你。」

「是我？」慕容故意用一種很好奇的神態說：「不對的是我？」

「嗯。」

「爲什麼？」

花景因夢不回答，反而反問：「你問我最近好不好，你知道不知道『好』是什麼意思？『不好』是什麼意思？」

「你說呢？」慕容秋水居然也反問：「你說是什麼意思？」

「好的意思我不懂，因爲我從來沒有好過。」

「你不好過？」

「我常常都不好。」因夢說：「我的心情總是不好，身體也不好，飯量不好，胃口不好，酒量也不好，我對女人不好，對男人更不好，所以大家都說我這個人眞不好。」

她說：「可是這一次我不好，卻不是爲了別的人。」

「這一次你不是就是純粹爲了我？」

「就是。就是爲了你。」

「爲什麼？」

「因爲你實在不是個東西。」

花景因夢說的話，當然都是有道理的。

「你把殺了我丈夫的人放了，你把我早就已經忘記，而且永遠不願再見的男人找來對付我，我都不怪你。」

因夢說：「這些事，都沒有讓我不好，讓我不好的，就是你，只有你。」

「我在聽。」慕容說：「你知道我一向都喜歡聽你說話的。」

他問因夢：「你記不記得我常常會聽你說話的？」

他問因夢：「你記不記得我常常會聽你說話聽到天亮？」

這一個男人，和這一個女人在說話，說的都是些不是話的話，甚至可以說不是人說的話。

這兩個人不但是人，而且都是極不簡單的人，他們說這種話，只因爲他們都知道一件事。

——他們都知道一個人情緒最低落、最緊張的時候，如果還能說一些這種不是人說的話，就可以讓自己的情緒變得好一點了。

現在他們說這種話，只因爲現在他們情緒都已如弓弦般繃緊。

繃緊的弓弦是靜的，這兩個人就這麼靜靜的對立著。

在這一瞬間，他們之間所有的往事和回憶，所有的恩怨和情感，忽然間又全都回來了，全都回到他們的凝視裡。

可是在下一個刹那裡，這些回憶和情感又忽然全都消失不見。甚至就好像從未發生過一樣。

這絕不是因爲他們已遺忘。這種感覺和遺忘是絕不相同的。

這種感情也不會被遺忘。

這種感覺就好像一個人站在一塊巨大的岩石前，他的眼睛雖然看見了這塊岩石，也可以摸得到，可是，這塊岩石在他眼中卻已不存在了。

因爲他的眼已視而不見。

過了很久，慕容秋水才輕輕的嘆了口氣。

「我早就知道我們之間已經完了。」他對因夢說：「可是我從未想到我們會完得這麼徹底。」

「有很多事都是這樣子的。」因夢說：「我們都覺得自己是聰明人，可是我們沒有想到的事，很可能比別人還多。」

「這是爲什麼呢？」

慕容秋水自己問，自己回答：「這是不是因爲我們想得太多？」

他的回答，也是個問題。這種問題，卻已用不著再回答。

「想得太多並不重要，重要的是，你是不是總喜歡去想一些你不該想的事。」

「這一點其實也不重要。」慕容說：「重要的是，有些事往往會在還沒有開始時就已結束，更重要的是，有些事在明明已經結束時才開始。」

「有道理，」因夢過了很久之後，又重說一遍：「你說的真的很有道理。」

「那麼我就要問你了。」

「問什麼？」

慕容秋水問的是一個很奇怪的問題，他居然問花景因夢。

「你和丁寧是不是已經開始？」

因夢和丁寧會開始什麼？他們之間的仇恨已生了根，人與人之間如果有仇恨生根，那就表示所有別的關係都已結束，還有什麼能開始？

這個問題是個什麼樣的問題，問得多麼荒謬。

可是花景因夢卻顯然不是這麼樣想的。

她的神情態度都沒有什麼改變，可是她居然反問慕容秋水。

「你剛才在說什麼？」

慕容笑了。

他相信他剛才說的每一個字，因夢都應該聽得很清楚，所以這個問題絕不是花景因夢這麼樣一個女人應該問出來的。

她問了出來，只因爲一點理由——

她心虛。

對一個心虛的女人提出來的問題，大多數聰明的男人都不會回答的，所以慕容只說：「生與死之間的界限，就在一瞬之間，每個人的生死都一樣。」他說：「愛恨之間的界限也一樣。」

慕容解釋：「有時候你愛一個人愛到極處時，在一瞬間就會變成恨。」慕容秋水說：「你恨一個人恨到極處時，有時候也會變成這樣子的。」

「由恨變成了愛？」

「是的。」

慕容秋水說：「恨極愛極，都是人類情感的極限，也是終點，不管你從哪條路走進去，到了終點極限，相隔就只有一線了。」

「是的。」花景因夢居然承認：「我知道有很多事都是這樣子的。」

「所以我相信你對丁寧的感情已經完全改變了，」慕容說：「所以我相信丁寧現在非但沒有死，而且一定已經被你保護得很好。」

「是的。」

花景因夢忽然又表現出她那種非常特別的性格和勇氣，她居然立刻承認。

她直視著慕容：「我敢擔保，現在已經沒有人能夠傷害到他的。」

慕容苦笑：「你做的事，爲什麼總是會讓人想不到呢？」

「你勾引伴伴，你利用我，爲你設下了這個圈套來對付姜斷弦和丁寧，能做到這一步，已經很了不起了。」慕容秋水說：「可是這半段的事，我還能夠想像得到，下半段的事，我卻不知道你是怎麼做的了？」

「下半段的什麼事？」

「我實在想不到你會爲了丁寧做出這種事，也想不到你會用什麼法子對付姜斷弦。」慕容說：「我更想不到你怎麼能在一瞬間制住勝三和他的兄弟。」

花景因夢那雙和任何人都一樣的眼睛，還是在直直的注視著慕容，從某種角度去看，她的眼神看起來簡直就好像是個白癡一樣。

可是，忽然間她又笑了。

開始的時候，她笑得還是和平時一樣，溫柔、優雅、吸引人。

可是在任何人都無法覺察的一瞬間，她的笑容已經改變了，變得就好像慕容秋水平時的笑容一樣，充滿了自信自傲，又充滿了譏誚。

慕容秋水也笑了，笑得卻不像平時那麼瀟灑，因爲他已經發現因夢的笑容中，隱藏著一件絕對可以令人震驚的秘密。

「你知不知道我在笑什麼？」因夢忽然問慕容。

「我不知道。」

「其實你應該知道的。」花景因夢說：「你應該知道我在笑你。」

「笑我？」慕容秋水依然保持冷靜：「我想不出我有什麼可笑的地方。」

「就因爲你想不出，所以才可笑。」

「哦？」

「你自己認爲你是個絕頂聰明的人，把每件事都計算到了，甚至把每件事的每一個細節都計算到了，」花景因夢說：「只可惜你往往會忘記一點。」

「哪一點？」

「你往往會忘記，這個世界上有很多種人，並不是每種人都和你一樣的。」因夢告訴慕容：「有很多人的想法和觀念，非但跟你不一樣，而且距離得很遠。」

「我承認。」

「你剛才是不是問我，我怎麼能在一瞬間制住勝三和他的兄弟？」

「是。」

「那麼我現在可以告訴你，我根本就沒有法子制住他們。」花景因夢說：「可是我有法子找一個人制住他們。」

她又告訴慕容：「這就是你不懂的了，因爲你和韋好客都是住在高塔上的人，你們永遠都不懂要用什麼法子才能找到一個人可以去爲你做一件別人做不到的事。」

慕容秋水已經笑不出了。

「你找到的什麼人？」他忍不住要問因夢：「誰可以爲你做這麼樣一件事？」

因夢笑。

「這一點當然是重要的，也是你永遠都想不到的。」

「我承認。」

「可是你永遠都該承認，每個人都有他的弱點，因爲你自己根本就不承認自己有弱點。」

因夢說：「你說是不是？」

這句話，她居然不是問慕容秋水的，回答這句話的人，當然也不是慕容秋水。

回答這句話的人，的確是一個永遠沒有任何人能想像得到的人，可是這個人一出現了，所有的問題就全都有了答案。

門已經毀了，門外一片黑暗，一個人就在這時候慢慢的從黑暗中走進了這扇門，用一種異常特別沉穩的步子走了進來，用一種異常特別的聲音說：「是的。」

這個人說：「永遠覺得自己沒有弱點的人，這下就是他最大的弱點。」

「這個弱點是不是通常都是致命的弱點？」

「是的。」

這個人說：「也只有這種弱點，才能夠致慕容秋水這一類人的死命。」

他居然還問慕容：「你說對不對？」

慕容秋水沒有回答這句話，因爲他已經根本說不出話來了。

看見了從黑暗中出現的這個人。這個驕傲而自負的貴公子，就像是變成了另外一個人。

變成了一個幾乎已接近死人的人。

——這個死人當然是一個被驚嚇而死的人。

慕容秋水永遠也想不到，從門外走進來的赫然竟是姜斷弦。

二

姜斷弦的態度還是和以前一樣，沉穩、嚴肅而冷峻。可是在慕容秋水眼中看來，這個人也已經變成了另外一個人。

——一個人在出賣了自己之後，樣子一定會改變的，就算外貌不變，給人的感覺也會改變。

就在這一瞬間，慕容秋水已經明白很多事。

最重要的一點是，所有一切出人意料的變化，都是因爲姜斷弦一個人造成的。

更重要的一點是，這個世界上絕對沒有任何人能想到姜斷弦是這麼樣一個人。

不但沒有能想到，所有這些不可能發生的變化居然發生了，只因爲花景因夢居然收買了姜斷弦。

如果你明白了這一點，你就會明白所有的不可能都是可能的了。

姜斷弦依舊冷靜如磐石。

「慕容公子，我相信現在你一定已經明白我的意思了。」他說：「每個人都是有弱點的，連天下無雙的慕容公子都不能例外，劊子手姜斷弦又怎麼能例外？」

慕容笑笑。

「天下無雙的不是慕容秋水，天下無雙的是姜斷弦。」

「刀也許是，人卻不是。」姜斷弦說：「就因爲我有弱點，所以花景夫人才能將她一個沒有人能想像到的計劃實現。」

「你的弱點是什麼？」

「我怕死。」

「你怕死？」慕容秋水顯然也吃了一驚：「殺人無算的彭十三豆，殺人如切菜的姜斷弦居然也怕死？」

「是的，」姜斷弦說：「就因爲別人想不到我也會怕死，所以花景夫人的計劃才會成功。」

花景因夢的笑美如花夢。

「殺人和被殺完全是兩回事，殺人越多的人，也許反而越怕死。」她說：「就因爲我明白這道理，所以我才會成功。」

慕容秋水苦笑：「你真了不起，你真是個了不起的女人。」

「我真的是，我承認。」

姜斷弦說：「我生平未敗，卻敗在丁寧的刀下，雖敗，卻未死，」姜斷弦說：「敗雖然不好，至少總比死好一點。我既不希望再敗在丁寧的刀下，也不想死在他的刀下。」

「所以花景因夢這次找到你的時候，你就妥協了？」

「是的。」

「所以你就裝醉？」

「是的，」姜斷弦說：「我早已知道那種酒是種什麼樣的酒，我怎麼會醉！」

「可是丁寧真的醉了。」

「他不知道，他怎麼能不醉？」

「然後勝三和他的兄弟們就出現了。」慕容說：「只可惜他們並不知道你還沒有醉，還有法子抵禦他們的修理。」

「那只因爲我的勁氣仍在，丁寧的勁氣卻已消失在酒裡。」

姜斷弦嘆息：「酒雖然可以讓你生出很多豪氣，可是你的勁力往往又會在同時消失。」

「我會記住你這句話的。」慕容秋水說：「以後我大概再也不會喝以前那麼多酒了。」

「我相信，」姜斷弦說：「我甚至相信以後你大概再也不會喝酒了。」

「爲什麼？」

「因爲死人是絕不會喝酒的，」姜斷弦說：「也只有死人才不會喝酒。」

慕容秋水忽然做了件非常奇怪的事。

他忽然用一種很奇怪的方法，把大灶裡已經快要熄滅的火爐燃起。

他用的這種方法，就像是原始人保護火種時所用的那種方法一樣，無論任何人都想不到慕容公子居然能用這種方法燃火。

然後他就把那鍋還沒有吃完的冬筍燒雞煨在火上，把那壺還沒有喝完的酒倒在鍋裡。

他的每一個動作都非常優雅，就像是一個非常出色的伶人，在演出一幕獨腳劇一樣。

花景因夢和姜斷弦居然就這麼樣像觀眾一樣看著。因爲他們不明白慕容秋水在幹什麼。所以他們要看下去。

雞已熱了，湯也熱了，酒已在湯裡，也已在雞裡。

慕容秋水找到了兩塊抹布，把這個砂鍋端到桌上，找到一個連一點缺口都沒有的湯匙，舀了一杓湯，慢慢的喝了下去。

他臉上立刻露出非常滿意的表情，「好極了，真是好極了。」

慕容秋水把這一匙湯喝下去，才去看花景因夢和姜斷弦。

「兩位一定也知道，喝酒是一種樂趣，無論用什麼方法喝酒，都是一種樂趣。」他解釋：「就算你把酒倒在紅燒雞裡，你去喝雞湯，那也是一種樂趣。」

慕容說：「因爲這種酒實在太有勁了，你只有用這種方法喝，才不會醉得太快。」

人。

姜斷弦忽然說：「你說的有理，我陪你。」

他也坐下來，也喝雞湯，這種雞湯能醉人，他們在這種情況下所表現出的這種風采也能醉人。

所以花景因夢居然在替他們舀湯。

又過了很久之後，慕容秋水才對姜斷弦說：「你被因夢收買了，你做出了一件令人無法想像的事，你殺了勝三和他的兄弟，你毀了丁寧，你也連帶著毀了一個無辜的小女人。這些事，本來都是你不可告人的秘密，可是你告訴我了。」慕容說：「因爲你認爲我絕不會洩漏你的秘密。」

——只有死人才絕對不會洩露別人的秘密。

「是的。」姜斷弦說：「你在我眼裡，實在已無異是個死人。」

「你認爲你隨時都可以把我置之於死地？」

「你現在已經在死地。」

「你有把握能殺我？」

「我有。」

「我也承認。」慕容說：「如果一個姜斷弦和一個花景因夢還不能殺死一個慕容秋水，那才是怪事。」

他的聲音還是淡如秋水：「只不過怪事常常都會發生的。」

姜斷弦不再說話，現在無論說什麼，都已是多餘的。

他慢慢的站了起來，一雙眼睛彷彿忽然間變成了釘子，釘住了慕容。

也就在這一瞬間，他的刀已在手。

從來都沒有人知道他的刀是從什麼地方拔出來的，更沒有人知道他的刀會在什麼時候出鞘。

他的刀就好像已經變成他這個人身體的一部份，只要他想拔刀，刀就在。

只要看見他的刀，他這個人就好像變成另外一個人，可以把這個世界上其他任何一個人的生死命運都懸掛在他的刀鋒下。

這種人給別人的感覺，幾乎已經接近「魔」與「神」。

慕容秋水卻好像根本沒有這種感覺。

沒有人知道他心裡是什麼感覺，現在他的生死命運已經懸掛在別人的刀鋒下，可是他居然好像連一點感覺都沒有。

慕容秋水給人的感覺就是這樣子的。

——一個根本沒有感覺的人，甚至連過去和未來都沒有。

這個人就好像是一段空白，只是用一大堆珠寶綺羅浮名酒色堆成的一個空殼子。

江湖中每個人都知道他會武功，但卻沒有一個人知道他的武功深淺。

就連最畏懼他的人，也不知道他這一生中究竟有沒有和別人交過手？當然也不會知道他和什麼人交過手？更不會知道他是勝是敗？

可是，就在這一瞬間，姜斷弦卻忽然對這個人生出了一個很特別的感覺，就好像忽然發現一塊石頭居然是鑽石一樣。

——一個沒有感覺的人，通常都帶給別人這種感覺。

很冷很冷的感覺，就像是鑽石，又像是刀鋒。

姜斷弦忽然覺得他一直都低估了這個人，忽然覺得這個沒有感覺的人，身體裡彷彿有一股殺氣散發出來，寒如秋水，逼人眉睫。

他自己本來是個充滿了殺氣的人，從來沒有讓別人的殺氣侵犯過他，今天爲什麼例外？

姜斷弦的心在往下沉，因爲他又發現了一件更奇怪、更可怕的事。

他忽然發現別人的殺氣入侵，只因爲他自己的身體已變得很虛弱。

他的瞳孔也漸漸的在擴散，慕容秋水的頭也在他瞳孔中漸漸擴散。

然後他就聽見慕容秋水彷彿在很遠、很遠的地方問他：

「如果你怕死，怕死在丁寧刀下，那麼你爲什麼不在法場上殺了丁寧？」

這一點很多人都不會明白的，也許只有姜斷弦自己才能完全明瞭。

所以他聽見自己在笑，聽見自己的聲音彷彿也在很遙遠的地方說：「你不會知道的，我爲什麼要這樣做，你永遠都不會知道的。」

「不幸的是，我偏偏就知道。」

「你知道什麼？」

「你不但要命，你也要名。」慕容秋水說：「在法場上義釋丁寧，你立刻就可以博得聳動天下的美名，誰也不會知道你早已有了對付丁寧的法子，誰也不會想到你已經和花景因夢勾結在一起。」

「可是你想到了。」

「那是因爲我天生就是個比別人優秀的人。」慕容秋水淡淡的說：「我天生就比你們這些人高尙優秀，不管你武功多麼強都沒有用。」

「哦。」

「就算你是天下無雙的高手，在我面前，仍然只不過是個奴才而已。」慕容說：「因爲我是貴族，你卻是充軍罪犯之子。你在我面前，永遠都抬不起頭來。」

他說：「就因爲你自己也感覺到這一點，所以你才會覺得自卑低賤，也就因爲這緣故，所以你才會在我面前拚命表現你自己。」

「我表現了什麼？」

「表現了你的英雄氣概，」慕容秋水說：「如果我在這種生死關頭裡還能從容煮雞飲酒，你當然也要做得和我一樣瀟灑。」

「那又怎麼樣？」姜斷弦問。

「那也沒有怎麼樣。」慕容說：「最多也只不過讓這個世界上多一個死人而已。」

姜斷弦握刀的手背上，青筋如蛇穴中的蛇群在躍動，甚至連額上都一樣。

他一個字一個字的問慕容秋水：

「死的這個人是誰？」

「是你。」

回答這句話的人也不是慕容秋水，回答這句話的人居然是花景因夢。

她忽然嘆了口氣，用一種非常悲傷惋惜的眼色看著姜斷弦說：「死的這個人就是你。」

三

姜斷弦沉默。

他這一生中，從來也沒有人敢對他說這種話，不管他是以姜斷弦的身分出現，還是以彭十三豆的身分出現時都一樣。

不管誰在他面前說這種話，這個人的人頭恐怕很快就要滾落在地上。

奇怪的是，這一次他卻好像連一點反應都沒有。

——出手如閃電，殺人在俄頃間的姜斷弦，反應竟然會變得如此遲鈍？是不是他故意要別人對他造成一個錯誤印象，故意要讓別人低估他？

——這種手段本來就是武林高手們慣用的戰略之一。

花景因夢的聲音又變得充滿溫柔。

「你的武功和刀法，當然不會比慕容差，只可惜這一次要死的人並不是他。」

「為什麼？」

「因為這一次你對你自己太有把握了，所以犯了一個致命的錯誤。」

「哦？」

「你平時是個非常細心的人，而且非常謹慎，甚至在洗澡的時候都不例外。」花景因夢對姜斷弦說：「可是這一次你的錯誤卻是因疏忽而造成的。」

姜斷弦居然在笑，彷彿是在冷笑，又彷彿不是。

花景因夢說：「你造成這種疏忽，除了太自信之外，當然還有別的原因。」

「什麼原因？」

「第一，你低估了慕容秋水，你一直認爲他只不過是個騎馬倚斜橋，滿樓紅袖招的風流貴公子，江湖中的事，他根本不懂。」花景因夢嘆息：「這一點你不但錯了，而且錯得要命。」

姜斷弦沉默。

「第二，他在烹雞煮酒的時候，你並沒有十分注意他。」花景因夢說：「因爲雞和酒都是你嚐過的，而且你也想不到，慕容公子居然會親自動手做這類的事，動作又是那麼高貴優雅，在生死間所表現的氣度又是那麼從容，這一切都使你的注意力分散了。」

姜斷弦額上已沒有汗，他的汗已乾了，臉色更蒼白，眼中卻有了血絲。

他就用這雙佈滿血絲的眼睛瞪著花景因夢，一個字一個字的問：「我承認，這一次我有疏忽。」他問因夢：「可是疏忽並不一定會致命的。」

「不錯，這個世界上大多數人都有疏忽，這個世界上大多數人也還都活著，」因夢說：「只可惜你忘了最重要的一點。」

「哪一點？」

「別人都能有疏忽，你這種人不能有，」因夢說：「你就算可以在別人面前疏忽一萬件事，也不能在慕容秋水面前疏忽一件事。」

她告訴姜斷弦：「因爲我們這位貴公子懂得的事，實在要比你多得多。」

慕容秋水微笑。

「大家都知道我不是江湖人，也很少在江湖中走動，這一點我相信你一定也知道。」慕容說：「你對每一個可能會成爲你仇敵的人都調查得很清楚。」

「他的確是這樣子的。」因夢說。

「那麼他也應該知道，我門下士中有很多江湖人，而且有很多是已經不能見人的江湖人。」慕容說：「江湖中那些卑鄙下流無恥之事，他們每個人都知道一點，那些用詭計暗算別人的手法，他們當然也知道一點。」

慕容說：「如果我的門下有七八十個這樣的人，如果他們每個人都知道一點，那麼我知道的是不是就有七八十點了？」

「是。」花景因夢說：「我的意思就是這樣子的。」

「在這種情況下，我如果要在那鍋雞酒裡動一點手腳，是不是很容易？」

「大概是的。」

花景因夢說：「一個像你這麼樣有地位的人，如果要用一種貴族般優雅的手法，做一點江湖中下五門的卑鄙勾當，大概很不容易被人發現。」

「別的人會不會發現我不敢說。」慕容道：「可是我相信姜先生絕不會發現。」

「爲什麼？」

「因爲他現在已經用過了我那鍋加了些作料的雞酒。」

「你加的是什麼作料？」

「當然是一種隨時都可以把一個活人變成死人的作料。」

面色煞白的姜斷弦忽然大喝：「我也有這種殺人的作料。」他說：「我的作料就是我的刀！」

刀揮出。

反手曲肘，刀鋒外推，出手的手法、部位、分寸，都是姜斷弦畢生苦練不輟的刀法中的精華。連一分都沒有錯。

沒有錯，卻慢了一點。

他雖然已施展出他畢生的武功精萃，雖然已用出了他全身的勁力，可是他這一刀擊出，還是慢了一點。

雖然只不過慢了一點而已，這一點的重要，卻是沒有人能想像得到的。

他用他這一生的智慧、精力、勁氣、犧牲和忍耐，所換得的成就、名聲和榮譽，都已像一塊堅冰溶化在春水中一樣，忽然間就在「這一點」裡消失無影。

這一刀擊出，竟沒有砍在別人的咽喉骨節要害上，也沒有砍斷別人的經脈血管。

這一刀居然砍入了空中。

生死勝負，就在這一刀間。

這一刀就好像一個賭徒，把他的身家性命全都用來投搏的最後一注一樣。

他已經看準了活門。

只不過活門也有生死，姜斷弦不是賭徒，他不賭，也不敗。

可是他這一刀竟然砍入了死門中。

死門是空的。

四

慕容秋水沒有動，連指尖都沒有動，連眼睛都沒有眨。

他就這樣動也不動的站著，看著姜斷弦揮刀，看著姜斷弦發現自己一刀落空時，眼中忽然湧出的那種死黑色，就好像一隻猛獸，忽然發現自己落入陷阱時的那種眼色一樣。

——當他一刀砍斷別人的頭顱時，他有沒有去看那個人的眼色？

慕容嘆息。

「姜先生，你平生揮刀，從未失手，也不知道有多少人頭斷在你的刀下，你有沒有歡喜過？」慕容說：「如今你的刀只不過落空了一次，你又何必如此愁苦？」

姜斷弦凝視著自己手裡的刀，忽然反腕揮刀，割向自己後頸的大血管。

「叮」的一聲響，火花四濺，他手裡的刀竟然也被擊落。

慕容秋水的眼神如秋水。

「姜先生，你不該這麼樣做的，我勸你還是趕快走吧。」

「你……你要我走？」

「是的。」慕容說：「因爲你要死，也不該死在這裡。」

「爲什麼？」

「你知不知道，大象臨死之前，總是會先去找一個埋屍藏骨之處，因爲牠珍惜牠的牙，死後也不願被人毀損。」慕容說：「姜先生，你的名聲豈非也正如象的牙一樣，難道你要讓它在你死後被人羞侮？」

姜斷弦面如死灰，腳步已開始往後退。

花景因夢嘆了口氣。

「姜先生，你不要恨我不出手助你，此時此刻，我出手也沒有用的。」她說：「而且不管慕容秋水是個什麼樣的人，他說的話，實在有點道理。」

直等到姜斷弦這個人完全消失在死灰色的黑暗中，花景因夢才轉身面對慕容：「你這個人說的話雖然常常很有道理，做出來的事卻常常全無道理。」

「哦？」

「你爲什麼就這樣讓姜斷弦走了？」

「因爲他已經是個死人。」

「至少現在他還沒有死。」

慕容秋水笑了笑，「中了我親手下的毒，如果沒有我親手去解，世上有誰能活過三個時辰？」

花景因夢又在嘆息！

「大概不會有了。」因夢說：「男人們常常喜歡說，天下最毒婦人心，有些女人的心腸，往往比蛇蠍還毒，我看這些男士們實在太謙虛了，一個男人的心狠起來，十個女人也比不上。」

慕容在笑：「不管怎麼樣，謙虛總是種美德，能謙虛一點總是好的。」

「你配出來的毒藥，除了你自己之外，真的沒有別人可救？」因夢問。

「大概是真的。」慕容說：「如果你不信，不妨試試。」

「我信。」因夢說：「你應該知道，你說的話，每個字我都相信。」

她的笑靨忽然又變得高雅如蘭，艷麗如海棠，「我說的話，你信不信呢？」她反問慕容。

「那就要看你說的是什麼了。」

「如果我說，我配的毒藥，除了我自己之外，天下也別無他人能解。」花景因夢問：「你信不信？」

她是用一種非常誠懇的口氣問出這句話的，可是就在這一瞬間，慕容秋水的瞳孔卻突然收縮。

五

這時候，姜斷弦已倒下去。

他倒下去的時候，眼前已經只剩下一片死黑，別的全都沒有了。

六

這時候正是夜色最深的時候，在慕容秋水忽然收縮了的瞳孔最深處，那種黑暗，都已經不是夜色可以比擬的了。

那種黑色，已經不是人類任何一種言語文字所能形容。

那種黑色，已經是死黑，就好像姜斷弦忽然發現他的刀已非他的刀時，眼中忽然湧出的那種死黑色一樣。

那種黑色，就好像姜斷弦的刀鋒砍斷別人頭顱時，那個人眼中的顏色一樣。

一個人只有在知道自己已經接近死亡時，眼中才會有這種顏色。

現在慕容秋水的眼睛裡，爲什麼也有了這種顏色？

這是不是因爲他知道花景因夢太瞭解他，他也太瞭解花景因夢？

花景因夢的笑靨依舊燦爛如花。

「慕容秋水，我們是老朋友，也是好朋友，你知道我一向是最關心你的，你的臉色爲什麼會忽然變得這麼難看了呢？」她問慕容：「你是不是忽然生病了？是不是忽然覺得有什麼地方不舒服?還是忽然想起了什麼讓你覺得悲傷悔痛的往事?」

慕容秋水的笑容雖然已經沒有他獨特的風格了——可是他仍然笑了笑:「我這一生中，唯一讓我悲傷悔恨的事，就是認識了你。」

「你這個人真是太沒良心了，而且記憶力太差。」因夢悠悠的說:「我還記得你以前曾經對我說過，你這一生中最歡喜高興的事，就是認識了我。」

「這些話，我並沒有忘記。」

「那麼你也應該記得，我們曾經在一起度過了多少快樂的日子。」

「我當然記得。」

「那麼你還有什麼悲傷悔恨的?」

因夢是個非常聰明、非常「懂」的女人，所以她自己回答了這個問題:「你悔恨，是不是只因爲我在那段日子裡，對你瞭解得太多了?」

慕容無語。

「就因爲我對你瞭解得太多，也太深，所以你無論要做什麼事，我都可以預料得到。」因夢說:「你是個多變的男人，在不同的情況下，你所做的事，也是完全不同的。」

她又強調:「可是不管在哪種情況下，你要做的事，我都可以預料得到。」

慕容居然沒有抗辯。

「譬如說，如果你忽然發覺你已落入了一個陷阱的時候，你會怎麼做呢？」因夢說：「你當然不會束手就縛的，更不會甘心就死。」

她說：「就是你明明知道情況已經糟透了，你還是會想盡一切方法來掙扎求生。」

慕容承認。

——只有死人才會放棄求生的願望。

「所以我就問自己，在今天這種情況下，當你忽然發現你已經落入我們的陷阱中時，你會怎麼做呢？」因夢說：「你當然要想法子利用這個地方每一樣東西，來作爲你求生的工具。」

「是的。」慕容說：「一走進這個陷阱，我就已經把這個地方的每一樣東西都觀察得非常仔細了。」

「我也是這麼想，」因夢說：「所以在你還沒有走進來之前，我已經替你把這個地方每一樣東西都觀察過一遍。」

她說：「我一定要先看清楚，這地方有些什麼東西可以幫助你脫離死境，求一條生路，」因夢說：「我一定要先把你所有的生路全部斷絕。」

「我明白。」慕容秋水苦笑：「其實我早就應該明白，你的作風一向都是這樣子的。」

可是這裡只不過是一個廚房而已，一個和普通人家並沒有什麼兩樣的廚房。

一個普通人家的廚房裡，有些什麼東西呢？

——一個爐灶，一個煙囪，爐灶旁堆著的一些木炭柴煤。有火，當然要有水，一個水缸，一個水勻，當然都免不了的，水缸裡，當然還要有水。

——除了水缸外，當然還要有米缸。沒有米，怎麼樣煮飯？沒有飯的廚房，怎麼能算是一個廚房？

——除了水缸、米缸之外，還要有什麼缸呢？

答案是：至少還要有兩種缸。

一種是醬缸，大大小小，各式各樣的醬缸，醬著各式各樣不同的菜料漬物，在大家都不願意出門的時候，坐在廚房，看著這些大大小小的醬缸，心中通常會感覺到一種很豐富的滿足。

一種不虞飢餓匱乏的滿足。

還有一種缸，當然是酒缸。

炒菜，需要料酒，料酒可以避腥，除羶，增加魚肉的鮮味。

不但炒，煮、烹、燉、煎、炸、煨、蒸、烤、烘、燻、熬、焙，都需要料酒的。

廚房裡怎麼能沒有酒缸？

何況，有些男人，根本就不曾走進一個沒有酒缸的廚房。

一個沒有酒缸的廚房，就像是一個沒有嘴的女人一樣，有時候，你雖然會覺得「她」也有好處，因爲「她」可以讓你避免誘惑，免於醉，免於荒亂，甚至還不會開口說話的囉嗦。

可是，如果你是一個男人，你會不會喜歡一個沒有嘴的女人呢？

除了缸之外，廚房裡當然還要有一些別的要開口的東西。刀，也是要開口的，菜刀也一樣。

不開口的刀，怎麼能割雞頭砍鴨頭剝骨頭切菜頭剖魚頭去蔥頭斬羊頭？

此七頭不斷，這個廚房還能燒什麼菜？

刀要開口才利，缸要開口才是缸。

可是廚房裡還有一些別的東西是不能開口的。

——油瓶、醬瓶、醋瓶、糖罐、鹽罐、辣椒罐，都是不能開口的。

瓶瓶罐罐本來就是不能開口，開口就變壞了。

——女人們是不是也應該學習學習這些瓶瓶罐罐？

燉菜的砂鍋，煨菜的瓦鍋，炒菜的鐵鍋，平常都清洗得乾乾淨淨，把鍋「晾」在一邊，把鍋蓋「晾」在另外一邊，「晾」得清清爽爽——這是「開口」的時候。

可是等到砂鍋裡有了魚頭、白菜、豆腐、肉丸、薰鴨的時候，瓦鍋裡有了魚翅、燕窩、鮑魚、干貝的時候，就要把鍋蓋「悶」得嚴絲合縫，密不透氣了。

花景因夢說：「廚房裡當然還有鍋鏟、湯杓、砧板，和杯、盤、碗、筷。」她說：「有些人家的廚房裡還供著灶神爺，一年四季香火不斷。」

「上天言好事，下界保平安。」慕容秋水說：「我真該到我家的廚房裡去看看，他們有沒有供一位灶神爺。」

「就算有，也沒有用。」因夢說：「你的平安，是灶神爺保不了的。」

「哦？」

「灶神爺是個小神，你卻是位貴人，」因夢說：「祂怎麼能管得了你的事？」

「有理！」

「如果連灶神爺都保不了你的平安，那些鍋子、盤子、瓶子、罐子當然更管不了。」

慕容秋水嘆了口氣：「我又不能把自己變成一隻蟑螂躲到罐子裡去。」

「那些刀好像也幫不了你什麼忙，」花景因夢說：「因爲這個廚房裡雖然有八、九把刀，卻沒有一把刀能比得上姜先生的。」

「就算把那些刀都加起來，恐怕也比不上姜先生那把刀上的一個缺口。」

「所以我就要動腦筋想了。」

「想什麼？」

「想一個聰明絕頂的慕容秋水；忽然發現自己落入一個陷阱時，應該利用什麼來救自己，」因夢說：「我當然也要想，這個廚房裡有些什麼東西能夠救得了慕容秋水。」

「你想出來了沒有？」

「當然想出來了。」

花景因夢說：「眼力洞悉秋毫，絕不會錯過任何一點有利機會，對毒藥的研究之深，甚至比當年宗大國手對圍棋研究得更透徹。」

她說：「像這麼樣一個人，到了一個有一鍋冬筍燒雞和半罈酒的廚房裡，如果他沒有想到利用這鍋雞和這罈酒，那麼這個人是個什麼樣的人？」

慕容苦笑：「不管這個人是個什麼樣的人，至少總不會是慕容秋水。」

「非但不會是慕容秋水，根本就不能算是一個人。」因夢說：「如果我想不到這一點，我也不能算是一個人了。」

「我承認。」慕容又嘆息，「你不但是人，而且是個人精。」

「那麼我問你，做人精如果算準了你要做什麼事，這個人精是不是就應該先發制人？」

「是的。」

「如果你是這個人精，你會怎麼做？」

慕容想也不想就回答：「我當然會先在那鍋雞或者那罈酒裡下一點毒，」他說：「因爲那個白癡慕容如果要誘人中他的毒，他自己一定先把那鍋有毒的雞酒吃一點的。」

「自己先故意上些當，然後讓別人上同樣的當。」因夢說：「在古往今來的騙術史上，這本來就是種很古老也很有效的法子。」

「所以那個笨蛋才會上當。」

「結果呢？」

「結果是一個笨蛋和一個白癡都上當了，」慕容秋水說：「笨蛋將先上當，白癡慕容後上當。」

「然後呢？」

「然後，」慕容秋水長嘆：「笨蛋先死，白癡後亡，還有什麼然後？」

花景因夢笑了。

她一直在不停的笑，一直笑個不停，就像有一個人將一把刀架在她的咽喉上，強迫她笑，非笑不可，否則就要將她的咽喉割斷。

她的笑聲聽起來就是這樣子的。

——一個剛做了那麼多得意事的女人，怎麼會有這種笑聲？

被害的慕容秋水神情反而又變得優雅而從容起來，甚至又在享用他的雞酒。

毒煞人的雞酒。

花景因夢連笑聲都已快被割斷了。慕容秋水從從容容的用他手裡誰也不知道從哪裡變出來的銀筷挾了一塊雞，放在嘴裡，細細品味，慢慢咀嚼，然後再用一種很悠閒的聲音問花景因夢：「你是不是覺得很奇怪？」慕容問：「你是不是在奇怪我爲什麼到現在還沒有毒發倒地？」

「我本來的確有一點奇怪，」因夢說：「可是現在我已經不奇怪了。」

「爲什麼？」

「因爲我忽然想起了一件事。」

「什麼事？」

「解毒術，」因夢說：「無藥無方，歸真返璞，片刻之間，其毒自解。」

慕容微笑，笑得很保守，可是又恢復了那種貴族的驕氣。

「這只不過是江湖中的一種傳說而已，想不到你居然也聽說過，而且居然相信。」

「這不是傳說，更不是江湖間的傳說。」因夢說：「這是秘密流傳在貴族間的一種避死術，而且是極當權的貴族。」

「哦？」

「有些貴族大臣被皇帝以毒藥賜死——當著內侍飲下皇帝御賜的毒藥後，還能夠活下去。

就因爲他們在某一個不知年的朝代，某一個不知名的海島上，以五百名童貞女、五萬斤千足金、五十萬石香粳米，換得了這種神秘而又神奇的避死解毒術。」

「哦？」

「據說當時參與這件事的，只有三家人，而且只傳嫡子。」花景因夢說：「當今天下有這種資格的，大該也只有三五人而已。」

她說：「你當然是其中之一。」

慕容又笑：「聽起來這實在已經不像是傳說，簡直已經像是神話了。」

「其實我早就應該想到這一點了。」因夢說：「我根本不該給你說話的機會，根本不應該給你任何機會拖延時間，讓你施展你的解毒術。」

她忍不住嘆息：「我這一生中，做得最錯的恐怕就是這件事。」

「你又錯了，」慕容秋水笑容溫和：「你做得最錯的，絕不是這件事。」

「那麼我做得最錯的是哪件事？」

慕容不回答，只笑，就在這時候，木屋外面忽然響起「奪、奪、奪、奪」一連串聲音，大多數人都應該聽得出這是幾十幾百個鐵鉤子釘入木板裡的聲音。

這個廚房就是用木板搭成的。

花景因夢既然已經知道外面發生了什麼事，但卻仍然聲色不動，仍然問慕容：「我究竟做錯了什麼？」

慕容終於回答：「你做得最錯的一件事，就是你根本不該相信解毒術。」

「爲什麼？」

「因爲這個世界上，根本就沒有解毒術。」慕容秋水悠然道：「解毒術只不過是我們三家人故意製造出的一種傳說，在情況危急時用來騙人的。」

他笑得更得意：「現在無疑就是情況非常危急的時候，可是我自己絕不能提醒你這一點，我只希望你也聽見過這個傳說，而且能夠在這種情況下及時想起來。」

花景因夢用一根春蔥般的手指，輕輕的攏起了耳邊一綹凌亂的鬢髮。

她的臉色已蒼白如紙。

因爲現在她已經明白了，她已經給了慕容秋水一個活下去的機會。

她本來不惜犧牲一切，不擇一切手段——爲的只是要這個人的命。

可是現在她卻給了他一個活命的機會——她給了他時間。

——如果慕容秋水能夠活下去，花景因夢怎麼能活得下去？

慕容秋水當然應該覺得很愉快。因爲他自己知道，這個機會並不是花景因夢給他的，而是他自己造成的。

他非常成功的演出了一齣戲。

——從失望、絕望、悔恨，演到一個忽然的轉變，變爲得意而驕傲，在矜持保守間有意無意顯露出的得意與驕傲。

他的演出幾乎可以說是完美無瑕的，所以才能讓花景因夢先相信他已絕望求死，忽然又認爲他已經用一種神秘而神奇的方法解去了自己的毒。

所以她就在不知不覺間被他將時間拖延。

——在這種情況下，每一點時間，都是一個活命的機會，就好像沙漠中的一滴水。

現在，他已爭取到足夠的時間了，他一定要讓世人知道，慕容秋水無論在任何情況下都不會敗。

花景因夢看著面前這個氣質高雅，笑容溫和，風度也無瑕可擊的人，就好像一個倔強的少女，在看著一個把她遺棄了的情人一樣。也不知道是該恨他？還是該愛他？也不知道該輕視他？還是該尊敬他、佩服他？

她只恨自己，爲什麼永遠不能瞭解這個人。

就算世上所有的男人都被她踩在腳下，但是她卻好像永遠都要被這個男人踩在腳下。

因爲她已經發現，這個男人根本就從來沒有愛過她。

然後她又發現了一點更重要的事——她也從來沒有愛過這個男人。

沒有愛，也就沒有恨。

如果男女之間既無愛也無恨，那麼還有什麼呢？

——如果兩個絕頂高手之間，既無友情，也無仇恨，那麼他們之間有的是什麼呢？

這種情感是很難解釋的，如果你沒有到達那種境界，你就永遠無法瞭解。

所以現在花景因夢只問慕容：

「你是不是已經中了我的毒？」

慕容說：「是。」

「如果你沒有解毒術，你怎麼能解我的毒？」

「我雖然沒有解毒的術，可是我有解毒的藥，」慕容秋水說：「只不過解毒的藥是要時間等的。」

「現在你是不是已經等到了？」

「是。」

慕容秋水說：「我很少單身出來，可是我每次單身出來，不管在任何情況下，韋好客都有法子在最短的時間裡把我找到。」

他在一種非常愉快的情況下故意嘆了口氣。

「韋好客雖然不是個很好的賭徒，在找人這方面，他卻是專家。」

「我知道。」花景因夢說：「我也知道他現在一定已找來了。」

「好像已經來了。」

「那麼這間廚房是不是很快就會飛走？」因夢問。

「大概是的。」

一間廚房怎麼會忽然飛走？

七

廚房沒有腳，也沒有翅膀。

廚房既不會走，也不會飛，天下絕沒有任何人能看見一個會飛會走的廚房。

可是這個廚房卻飛走了。片片飛走了。

——一片木板，一個鋼鉤，一條繩子，一隻強而有力的手，一個行動敏捷的人。

如果說，這間廚房是用一百九十六塊六尺長兩尺寬的木板搭成的。

如果說，外面忽然來了一百九十六個行動敏捷的人，每個人都有一雙強而有力的手，每隻手上都有一隻鋼鉤，每個鋼鉤都釘入一塊木塊。

如果有一個發號施令的人，在適當的時機中，作一個手勢。命令一下，鋼鉤拉起，木板當然也跟著鋼鉤飛了出去。一百九十六個鋼鉤，一百九十六塊木板。

那麼這間廚房是不是就好像忽然飛了出去一樣，忽然間就消失無影。

這並不是件荒唐離奇的事。

這一類的事不但早就發生過，有經驗的人也可以事先就預料得到。

只不過在這種事忽然間發生了的時候，仍然有一種震懾人心的力量，可以令人震驚窒息。

花景因夢現在的情況就是這樣子的。

在聽到那一連串爆竹般的「奪奪」聲時，她就已想像到這是怎麼樣一回事了。

可是在這件事真的發生時，她還是覺得一陣空前未有的震驚。

——一間屋子忽然不見了，一個本來站在一間屋子裡的人，忽然發現自己就好像在做一個噩夢一樣。

因為他已經不在一個屋子裡，忽然間就已經到了一個荒惡兇險、惡獸環伺的空曠中。

這種感覺，就好像一個穿戴得整整齊齊的名門淑女，忽然發現自己不知道在什麼時候已經變成完全赤裸的，而且有幾百雙惡獸般的男人眼睛在盯著她。

花景因夢現在的感覺就是這樣子的。

——手用力，繩索拉緊，鋼鉤扯動，木板飛出，廚房忽然不見了。

滿天滿地的黑暗，忽然像是一面網一樣，網住了她。

鋼鉤已帶著木板飛入黑暗，黑暗中已出現了無數寒星般閃亮的箭鏃。

每一個箭鏃，都像是一隻獨眼食人獸的眼睛，在盯著花景因夢。

奇怪的是，這時倒下的卻不是她，而是慕容秋水。

就在他倒下去的時候，黑暗中已經出現了一張由四個人抬來的軟椅。

如果你認得抬著這張軟椅的四個人，你一定又會大吃一驚，因爲他們縱然不能算是江湖中的一流輕功高手，至少也已很接近。

斜倚在這張軟椅上的人，當然就是已經輸掉了一條腿的韋好客。

慕容秋水開始要倒下去的時候，這張像四川「滑竿」一樣被抬來的軟椅從黑暗中出現，距離他還有三五十丈。

可是慕容秋水還沒有倒在地上的時候，這張軟椅已經到了他面前。

軟椅上的韋好客，已經伸出了一隻手，挽住了慕容及時剛伸出來的手。

——這種情況就好像一個剛從高樓失足的人，忽然被一隻及時伸出的朋友的手挽住了一樣。

韋好客雖然少了一條腿，卻還有手。

他的另一隻手上，已經握住了一把丹藥。

慕容張口，韋好客伸手，就在這一瞬間，他手裡的丹藥已經到了慕容嘴裡。

這時候慕容的情況已經非常危急了，呼吸已急促，咽喉和胸口的肌肉也已開始抽緊麻痺，甚至已經逐漸僵硬，就好像已經被一雙看不見的手扼住了，連一口氣都無法再嚥下去，怎麼還能吞得下藥？

——有很多中了毒的人就是這樣死的，解藥雖然已及時送來，他卻已沒法子吞下去，已經因窒息而死。

——死於火窟中的人也有很多並不是被火燒死的，也是因煙燻窒息而死。

可是這種藥一到人的嘴裡，就好像春雪到了暖水中一樣，立刻就溶化了，立刻就滲入了這個人唾液中，滲入了這個人的毛孔。

這種解藥，無疑就是針對這一點而研究出來的，而且已經解破了這個死結。

最重要的一點是，這種解藥現在已經及時送來了，而且已經及時送入了慕容秋水的嘴。

所以現在他還活著，而且還可以繼續活下去。

現在花景因夢也還沒有死，可是她還能活多久呢？

就算她還能繼續活下去，又是種什麼滋味？

她沒有想。

她的臉是蒼白的，既無血色，亦無表情，慕容的臉居然也跟她一樣。

因爲他曾經輸過，現在也輸了。

他們兩個人都是輸家。

現在韋好客終於又面對花景因夢了，只不過這一次的情況已經和上一次完全不同。

他們兩個人心裡都明白這一點。因夢尤其明白。

韋好客用一種冷漠得幾乎像是寒冬曙色般的眼色看著她，冷冷淡淡的說：「花夫人，你好嗎？」他說：「其實我用不著問你的，因爲你一向都很好。」

「爲什麼？」

「因爲你一向都是贏家。」

花景因夢笑了笑：「韋先生，想不到你也是一個愛說笑的人。」

「愛說笑？」韋好客忍不住問：「我愛說笑？」

他當然難免驚奇，這個世界上絕沒有一個人會覺得韋好客是個愛說笑的人。

可是花景因夢卻偏偏要這麼說：「如果你不是個愛說笑的人，怎麼能用贏家來稱呼一個人？」因夢說：「你也應該知道，這個世界上根本沒有贏家。」

「是的。」

韋好客眼中彷彿也有了種很深沉的悲哀，一種人類共有的悲哀。

「每個人都是輸家，」他說：「一個人只要還活著，總難免會做輸家。」

「是的。」因夢說：「我的意思就是這樣子的，所以我也明白你的意思。」

「哦！」

「你輸給我一次，你當然希望我也輸給你一次。」

因夢問韋好客：「現在你是不是又要跟我再賭一次？」

韋好客沒有回答，卻反問：「現在丁寧是不是已經落在你手裡？」

答案當然是肯定的，所以韋好客用不著等她的回答，又問：「如果我要你把他的下落告訴我，你肯不肯說？」韋先生說：「我敢打賭，你絕不肯說的。」

「你真的敢賭？」因夢問：「你賭什麼？」

「不論我賭什麼，你都不肯說。」

「可是你至少應該告訴我，你準備怎麼賭？要賭什麼？」

韋好客的眼色更冷漠，冷得就像是針尖上的那一點寒芒。

「好，我告訴你，如果我輸了，我不但立刻讓你走，而且還可以讓你把我的兩隻手也帶走。」韋好客說：「你應該知道我一向賭得很硬，從不會賴。」

「如果我輸了，你是不是也要留下我兩條腿？」

「是的。」

花景因夢嘆了口氣：「這麼樣的賭注，實在是太大了一點。」

「不錯，是大了一點。」韋好客說：「可是我們已經這麼樣賭過一次。」

「那一次我有把握。」

「我知道你有把握，我當然知道。」韋好客淡淡的說：「如果沒有把握，你怎麼會下那麼大的注？」

「這一次你下這麼大的注，是不是也跟我一樣有把握？」

韋好客看著自己一條空空的褲管，冷漠的眼神中忽然露出一種說不出的酸痛和尖削。

「我已經少了一條腿了。」他說：「一個已經把腿輸掉的人，是不是應該賭得比較精明慎重一點？」

「應該是的，」花景因夢說：「如果我是你，我也不會再賭沒有絕對把握的事了。」

她盯著韋好客：「我只不過有一點不懂而已。」

「你不懂什麼？」

「我不懂你為什麼有把握？」花景因夢說：「我不懂你為什麼認為我寧願輸掉自己一雙腿，而不願把丁寧的下落說出來。」

「其實你應該懂的。」

「哦？」

「現在我問你，你賭不賭？」

「我能不能不賭？」

「不能。」

「我能不能不接受你的賭注？」

「不能。」韋好客說：「你不但有手，還有腿，你輸得起，也賠得起。」

花景因夢的眼神忽然也變得和韋好客同樣冷漠，就好像有一雙看不見的手，用一種邪惡的方法，一下子就把她這個人所有的情感都抽空了。

「是的，我輸得起，也賠得起。」她說：「所以現在我已經在跟你賭了。」

花景因夢淡淡的說：「你也應該相信，我輸了也不賴的，賴也賴不掉，我只希望這一次你也不要賴。」

韋好客的鼻尖上忽然有了一顆汗珠，冷汗。

——花景因夢這麼做，是不是因為她已下了決心，決心再做一次贏家？

這個女人下定決心的時候，是什麼事都做得出來的，甚至不惜出賣她自己的靈魂。

韋好客眼中忽然又露出了一種別人很難覺察的恐懼之意。

──已經輸掉一條腿的人，賭起來總難免會有點手軟的。

剛剛還掙扎在生死邊緣的慕容秋水卻忽然笑了笑，就在這片刻間，他的神色就彷彿已恢復了正常。

「花夫人。」慕容說：「如果你高興，我也想跟你賭一賭。」

「你賭什麼？」

「我賭這一次韋先生一定會勝。」

「怎麼賭？」

「我還有腿。」慕容秋水說：「我就用我的一雙腿賭你的一雙腿。」

他看著花景因夢：「我相信你絕不會賴的，因爲你根本賴不掉。」

他的聲音很溫和，態度也很溫和，溫和得就像是一個熟練的屠夫，在肢解一條牛時給人的感覺一樣，每個動作都那麼溫柔平和而自然。

這就是慕容秋水。

他「正常」時給人的感覺就是這樣子的。

——如果你是一條牛，你甚至會心甘情願的死在他的刀下。

花景因夢不是一條牛。

她雖然仍在極力保持鎮靜，可是她的眼神，也有了韋好客剛才那種恐懼。

韋好客的眼中卻已充滿自信。

如果他是一間屋子，慕容就是他的樑，如果他是一個皮筏，慕容就是他的氣。

如果他是一隻米袋，慕容就是他的米。

慕容秋水很愉快的嘆了口氣，能夠被人重視信任，總是件很愉快的事。

「韋先生，我想你現在已經可以開始和花夫人賭了。」

八

「丁寧現在在哪裡？」

——勝？還是負？輸？還是贏？回答？還是不回答？

就是這麼簡單。沒有賭約，沒有賭具，沒有見證，就這麼樣簡簡單單的一句話、一個字，就已決定了勝負。

——勝就是生，負就是死，也就是這麼簡單。

在這種情況下，還是沒有人會賴。要賭得有意思，就不要賴。否則又何必賭？又何必不痛痛快快的把花景因夢一刀殺了算了？

一刀殺人，血濺五步，痛快雖然很痛快，趣味卻很少了。

大家一定都知道慕容公子一向是個講究趣味和刺激的人。

對一個幾乎已經擁有一切的人來說，這個世界上還有什麼事比「賭」更刺激更有趣？

在那個本來是廚房的四周，雖然劍拔弩張，箭已在弦。

在那個本來是廚房的地方，看起來雖然好像很平和安靜，可是連四周那些拔劍張弩安弦上箭的人，都覺得這個地方有一股暗潮洶湧，殺氣遠比四周黑暗中的殺氣更濃得多，重得多。

因爲這時候韋好客已經在問花景因夢：「丁寧現在在哪裡？你說不說？」

花景因夢忽然怔住，忽然覺得自己的心在發冷，全身都已冒出了冷汗。

直到此時，直到這一瞬間，直到這一刹那，她才知道自己錯了。

她本來一直認為自己很有把握的，因為她一直是個無情的人。

從小她就是這樣子的。

她的父親粗獷嚴峻而冷酷，她從來都不知道她的母親是誰。

從她有知覺時開始，她所接觸的都是「冷」的，冷的山、冷的水、冷的雲樹岩石。

不但冷，而且寂寞。一種冷入血脈，冷入骨髓的寂寞。

不但寂寞，而且貧窮。

——家的溫暖，過年過節時的新鞋新襪壓歲錢和花衣裳，母親溫柔的笑靨，兄弟姐妹間的嬉笑吵打，做錯事時的責罰，做對事時的棉花糖，肚子餓時的紅燒肉，肚子飽吃不下飯時的一耳光。

每個人童年時都能享受到的事，她沒有享受到，每個小女孩都有的，她沒有。

所以她發誓，等到她長大了，她一定要擁有其他任何人都沒有的一切。

她發誓不惜犧牲一切，不擇任何手段，都要得到她想要的。

她真的這樣做了。

她甚至把自己訓練成為一種無情的機械，一種可以讓男人為她貢獻一切的機械。

她做到了。

從一個孤獨的小女孩，忽然間，她就變成了因夢夫人。

人。

一直等到她遇見花錯。

花錯錯了，可是她一直都不認爲她錯了，因爲她忽然發現她遇見一個有血有肉有感情的人。

這種感覺是沒有任何一種感覺能比擬的，也沒有任何一種感覺能代替。

想不到花錯忽然死了。

她所有的情感夢想憧憬，也隨著花錯的死而死。

花錯的死對她來說是種多麼大的打擊？殺死花錯的人對她來說有多麼深的仇恨？

所以她一心要丁寧死，死得越慢越好，死得越慘越好。

她從未想到她會庇護丁寧。

所以她一直認爲韋好客這一次又輸了，又錯了。錯就要輸，輸就要錯。

可是現在她忽然發覺錯的不是韋好客，而是她自己。

丁寧現在在哪裡？你說不說？

花景因夢一直認爲自己一定會說出來的，她根本就沒有任何理由不說。

可是現在她卻連一個字都說不出來。

她當然知道丁寧在哪裡，她隨時都可以帶這些人到丁寧那裡去。

丁寧的性命，當然沒有她自己的性命重要——每個人都只有一條命，沒有其他一個人的性命能比自己的性命更重要。

這個世界上如果有人願意用自己的一條命，去換別人的一條命，除非這兩個人之間有一種非常非常特別的感情，而且在海枯石爛之後，此情仍不渝。

她和丁寧之間，應該只有仇恨的，怎麼會有這種情感？

爲了她自己要活下去，她隨時隨地都應該可以把丁寧打下十八層地獄。

奇怪的是，現在她就是沒法子這麼樣做。

第八部　下場

既有開始，便有結束！莫非決鬥是對生命的唯一一種告別？

一　恩怨似繭理不清

一

「你說不說？」

「我不能說。」花景因夢的態度並不十分堅決，口氣卻很堅決：「我不能告訴你們丁寧在哪裡。」

韋好客的神態和臉色都沒有變，他早已學會用什麼方法控制自己的神態和臉色。

可是無論任何人都可以看出，他剛才那種緊張和恐懼已在這一瞬間鬆懈下來。慕容秋水臉上甚至已露出了微笑，而且是一種無論任何人都看得出是很真心愉快的微笑。

韋好客無疑也看到了他的微笑，所以立刻就問花景因夢：

「你是不是已經決定不說了？」

「是的。」

「你知不知道，如果你不說，就表示你已輸了？」韋好客追問因夢。

「我知道。」

「你知不知道你輸了之後，會有什麼樣的後果？」韋好客說：「你記不記得你的賭注是什麼？」

「我知道。」花景因夢說：「我也記得。」

「我至少也知道這一點，」韋好客說：「我至少知道一個人如果失去了兩條腿，那種日子是很不好過的。」

他臉上的血色又消失了一點：「所以我也可以想像得到，一個人如果把兩條腿兩隻手都失去了，那種日子一定更不好過。」

「這一點我也可以想像得到。」

韋好客看著她，冷漠尖刻的眼神中甚至好像已經有了一點笑意。

「在這種情況下，你還是堅決不肯說出丁寧的下落？」韋好客問花景因夢：「是不是這樣子的？」

花景因夢毫不考慮就回答：「是。」

韋好客眼中的笑容更明顯。

「如果你真是這樣子的，我就想不通了。」

「我也知道你一定想不通的。」花景因夢說：「你一定想不通我爲什麼會爲丁寧這麼做，因爲他本來是我的仇人。」

慕容秋水忽然插口：「他想不通，我想得通。」

「哦！」

「你恨丁寧，恨得要命。」慕容秋水說：「每個人都知道你恨丁寧恨得要命。」

他笑了笑：「可是只有我知道，愛與恨之間的距離是多麼微妙。」

「哦！」

「在某種情況下，有時候愛恨之間根本就分不清楚。」慕容秋水說：「有時候恨就是愛，有時愛就是恨，永遠互相糾纏不清。」

花景因夢承認這一點。

她不能不承認，因爲她是個非常「瞭解」的女人，已經可以瞭解人類的感情本來就是這樣子的。

——沒有愛，哪裡有恨？

更奇妙的一點是，「恨」往往也可以轉變爲「愛」，這兩種非常極端的情感，其間的距離往往只相隔一線。

慕容秋水氣色看起來已經比剛才好得多了。

「要瞭解這種情感，一定要舉例說明，」慕容說：「眼前就有一個很好的例子。」

「你和伴伴是不是一個很好的例子？」

「是的。」

慕容秋水說：「譬如說，我應該很恨柳伴伴的，因爲她的確做了很多對不起我的事。」

「我知道。」

「可是我一點都不恨她。」慕容說：「如果說我想對她報復，也只不過想像以前一樣，把她緊緊的擁抱在懷裡。」

「你是不是認爲我對丁寧的感情也是這樣子的？」花景因夢問慕容。

「情形當然會有一點不同，感覺卻是一樣的。」慕容秋水微笑著：「所以你就是不肯說出丁寧的下落，我們一樣可以找得到他。」

「哦？」

「因爲我們已經知道你和丁寧的情感是怎麼樣發生的。」慕容秋水說：「我們現在當然也知道他和你相見時的那棟小屋。」

他悠悠的說：「我們甚至已經知道那棟小屋的屋簷下，有一串風鈴。」

丁寧此刻正在風鈴下。

二

慕容秋水將身子讓開一旁，說：「現在你可以走了。」

「你要放我走？」

「我總是要放你走的。」慕容注視著空曠的四周：「何況此地也非留客之所，你說是不是？」

「你不打算要回我輸給你的賭注了？」

「我當然要。」慕容秋水笑著，笑得有點邪惡：「反正它遲早總是我的，我又何必急於一時呢？」

花景因夢望著他邪惡的笑臉，遲遲疑疑的問：「難道你不怕我去找丁寧？」

「你只管去找他，你只管去愛他、去抱他。」慕容秋水好像一點也不在乎：「不過，如果你聰明的話，我勸你還是越早殺掉他越好。」

「爲什麼？」花景因夢顯得更驚愕了。

慕容秋水卻得意的笑著：「因爲你不殺他，他就會殺你。」

「爲什麼？」花景因夢忍不住又問一句。

慕容秋水笑得益發得意說：「因爲殺死你丈夫的兇手根本就不是他。」

花景因夢愣住了，過了許久，才問：「是誰？」

「姜斷弦。」慕容秋水盡量把聲音放輕，好像唯恐嚇壞了她。

花景因夢也講不出話來，臉上卻是一副打死她也不相信的表情。

「不相信是不是？」慕容秋水當然看得出來：「沒關係，姜斷弦雖然死了，丁寧卻還活著，你何不親身去問問他？」

三

花景因夢走了。

慕容秋水望著她遠去的背影，不禁哈哈大笑。

直等他笑完，韋好客才開口說：「你認爲花景因夢真的會去殺丁寧嗎？」

「你認爲花景因夢真的是個肯爲愛情而冒生命危險的女人嗎？」

韋好客搖頭。

慕容秋水說：「所以我認爲她不但會不擇手段的去殺丁寧，而且比我們還要急迫。」

韋好客沉吟道：「可是丁寧也不是個簡單人物，想置他於死地，只怕也不太容易。」

慕容秋水笑笑說：「縱然殺不成他，於我們又有何損？」

「說的也是，」韋好客嘆了口氣：「只可惜我們好不容易贏來的那兩條腿。」

「放心，那兩條腿是跑不掉的。」

「哦？」

「如果她殺死丁寧，爲了逃避丁府的報復，她不來找我們爲她掩護，還能去找誰呢？」

「如果殺不成呢？」

「要找一所避風港，你還能想得出比慕容府更理想的地方嗎？」

韋好客想也沒想，就說：「沒有。」

慕容秋水充滿自信：「所以無論如何，她非得乖乖的把她那兩條腿送回來不可。」

「對，對。」韋好客冷笑著：「到時候，咱們再慢慢的把它卸下來。」

「爲什麼非毀掉它不可？」慕容突然笑得很曖昧：「難道我們就不能留下來慢慢把玩嗎？」

韋好客看了看慕容，又看了看自己的斷腿。

慕容笑著說：「她那條跟尊駕那兩條可大不相同，既白皙，又細嫩，迷人極了，毀了實在可惜，暫且養她一段時期又何妨？」

「好，好。」韋好客嘴上漫應著，目光中卻閃現出一抹憤怒的光芒。

「所以現在我們唯一能做的，就是回去等。」

「對，對，」韋好客立刻說：「我那裡正好還有兩瓶好酒，咱們邊喝邊等，說不定酒未醉，腿已歸。」

慕容秋水得意的又是一陣哈哈大笑。

韋好客也陪著笑了，笑得卻又陰沉，又森冷。

姜斷弦終於醒了過來。

他也不知自己究竟昏迷了多久，只發現如今正置身在一間極盡豪華的臥房中，正睡在一張平生所睡過的最舒適的暖床上。

距離床頭不遠，有三隻古雅的香爐正發散著裊裊輕煙，三種煙的色澤不同，氣味也各異。

香爐後面是三張高背太師椅，椅上坐著三個年近古稀的老人。

其中兩人衣著華麗，氣派非凡，姜斷弦一看就認出一個是名動九卿的儒醫陳少甫，一個是當今大內的御醫司徒大夫。

另外那老人又瘦又小，穿著破舊，萎縮在椅子上，非但儀表不能與前兩人相提並論，就連面前那隻殘破的瓦片香爐，也無法與另兩種由紫金和古玉雕塑而成的精品相比。

但這二人卻好像對那瘦小老人十分尊敬，一見姜斷弦轉醒，即刻同時站起，向那瘦小老人躬身行禮說：「還是老先生高明，學生們實在佩服。」

那瘦小老人只是淡淡一笑。

這時忽然有個威武的聲音說：「那倒是真的，若不是梅老先生指點，姜先生這條命恐怕是救不回來了。」

只見一個氣宇軒昂的中年人走進來，他雖然只穿著一件素面長衫，但看上去卻比身著盔甲戰袍的大將還要威儀幾分。

姜斷弦身不由已的站了起來。他想也不必想，便知是當朝位居極品的丁大將軍駕到。

丁大將軍遠遠朝姜斷弦一禮，說：「小犬丁寧，承蒙關愛，僅以爲報。若有吩咐，不必拘禮，它日相見，恐已非期。」

簡簡單單的幾句話，卻表現得極其真摯。

姜斷弦忙說：「多謝。」

這時又有一人走上來，說：「在下丁善祥，專門打理少爺房中事務。」

姜斷弦望著那張似曾相識的臉：「是你把我救回來的嗎？」

丁善祥陪笑說：「不敢，前幾天接獲我家少爺傳訊，吩咐我們尋找先生下落，我家主人即刻派出數十名高手，日夜覓尋，直到昨夜才發現先生病倒之處，在下只不過將先生抬上車而已。」

姜斷弦又是一聲：「多謝。」

丁善祥繼續說：「當時先生性命已很危險，我家主人用了最大力量，不但請到當今兩大名醫，還親自將武林醫隱梅老先生接來，經梅老先生運用各種內外功力，又得兩位名醫配合，才算把先生的毒逼了出來。」

姜斷弦這才知道那瘦小老人竟是名震武林的「見死不救」梅大先生，他臉上雖然不動聲色，內心卻也不盡感動。

丁善祥又說：「我家主人一再交代，無論先生需要什麼，儘管開口，我們一定照辦，請先生千萬不要客氣。」

姜斷弦想了想，說：「只請你告訴我，丁寧現在哪裡？」

丁善祥苦笑說：「其他任何吩咐均可遵辦，唯有這件事卻無能爲力。我家少爺一旦出門，就如斷了線的風箏，誰也不知他在哪裡，我們知道的也只跟先生一樣，那就是您們的決鬥日期和地點。」

姜斷弦什麼話都沒說，只對眾人深深一揖，大步走了出去。

丁大將軍也不再開口，只負手站在廊簷下，目送姜斷弦走下台階，走出大門，才深深嘆了口氣。

丁善祥又站在大將軍身後，忍不住輕聲問：「您知不知道這個人是少爺的死敵？」

「嗯。」

「您也知道少爺可能死在這人手上？」

「嗯。」

丁善祥忽又說：「您既然知道，那麼爲什麼不殺他，反而救他呢？」

丁大將軍冷冷的看他一眼，說：「如果我不這麼做，丁寧必會以我爲侮。更何況你也應該知道，我也不是做那種事的人。」

丁善祥羞愧的低下頭。

丁大將軍忽然問：「你還記得他們兩人決鬥的時間和地點嗎？」

丁善祥恭謹的回答：「記得。」

丁大將軍說：「在他們決鬥一個時辰之後，你派人把他們接回來。」

丁善祥呆了呆，問：「您是說把兩個都接回來？」

「嗯，」丁大將軍說：「活的接人，死的接屍，縱然死的是姜斷弦，咱們也要好好將他安葬。」

四

丁寧正坐在那棟小屋的屋簷下。

有風吹過，風鈴叮叮，丁寧卻動也不動。

花景因夢就站在他的背後。

她回來已整整四天了，在這四天當中，大部份的時間丁寧都和現在一樣，靜靜的坐在簷下的蒲團上，也不知他是在練功，還是在療傷。

每當這種時候，花景因夢總是藉故在他四周走動，有時好像要給他送些茶水，有時好像要替他披件衣裳，但無論她的手腳多輕，只要一走近，就會發覺一股森冷的殺氣從丁寧身上散發出來。

花景因夢這才知道她唯一能做的，只是站在丁寧背後，遠遠的望著他，遠遠的爲他逐走一兩隻迷路的採花蜂而已。

現在，又有一隻蜜蜂飛了過來。

花景因夢習慣的抬起手臂，也不知爲什麼，卻又突然放下。

只見那隻蜜蜂越過花景因夢的耳邊，直向丁寧飛去，就在接近丁寧三兩尺的地方，彷彿撞上了一面無形的牆壁，竟直直的彈了回來，直落在花景因夢的腳上。

花景因夢的臉色變了，變得比丁寧略顯蒼白的臉色還要蒼白幾分。

她現在終於明白，以她目前的功力，想殺死丁寧，絕對不是一件容易的事。

柳伴伴的日子過得跟過去一樣寂寞。

她每天按時起床，按時做飯，按時打掃，甚至按時提水澆花，然後再按時睡覺。

花景因夢回來了，但她依然寂寞，因爲這幾天花景因夢幾乎把所有的精力放在了丁寧的身上，幾乎連看都沒好好的看她一眼。

寂寞得幾乎到了日夜不安的地步。

但現在，她突然發覺花景因夢又出現在她的眼前，又在凝視著她，霧一般的眼波中，充滿了憐愛。

柳伴伴只覺得自己的呼吸有些緊迫，尤其當花景因夢的手指輕撫著她的臉頰時，連心脈的跳動也開始有些凌亂起來。

花景因夢微笑著，輕輕在伴伴耳邊說：「你還是那樣的愛他嗎？」

「誰？」柳伴伴的聲音有點迷迷糊糊。

花景因夢說：「當然是丁寧。」

柳伴伴沒有回答，也許她自己也不知道，也許在這種時刻她不想回答。

花景因夢又說：「如果你不愛他，你爲什麼不離開？如果你愛他，你爲什麼不能對他好一點？」

「我……我對他並不壞。」

「你還說你對他不壞，」花景因夢好像在責備她：「難道你沒注意到他比以前更虛弱了？」

柳伴伴只輕輕的哼了一聲，再也答不出話來。莫非是因爲花景因夢的手探進了她的輕衫？

「沒關係，你也不必擔心。」花景因夢擁得她更緊：「我想我們總有辦法讓他活得有精神一點，你說是不是？」

五

花景因夢看著身畔幾近昏迷的伴伴，她得意的笑了。

在這方面，她對自己一向都很自信，除了丁寧之外，她幾乎從未失手過，這一次她當然也不會例外。

她很體貼的擦抹著伴伴臉上的汗珠，輕輕的說：「我想你一定很奇怪，我爲什麼忽然對丁寧關心起來。」

柳伴伴微笑的睜開眼，有點奇怪的望著她。

花景因夢說：「因爲我忽然發現了一個秘密。」

「哦？」

「因爲我忽然發現殺死我丈夫的不是丁寧，而是姜斷弦。」

「哦。」

「我想這個秘密你早就該知道了，是不是？」

柳伴伴不答。

花景因夢一面開始擦抹伴伴的身子，一面說：「所以這次的決鬥，我一定要讓丁寧打贏。」

柳伴伴突然坐起來問：「什麼決鬥？」

「當然是丁寧和姜斷弦的決鬥。」

「可是……」柳伴伴有些懷疑：「可是姜斷弦不是已經死了嗎？」

花景因夢嘆息著說：「你以爲姜斷弦那種人就那麼容易死嗎？」

柳伴伴愣住了，愣了半晌，才說：「難道上次你交給我的那些毒藥還不夠？」

花景因夢苦笑著說：「你錯了，那些並不是毒藥，只是一種催眠藥粉而已。」

「哦！」

「那時我叫你那麼做，只不過想騙騙丁寧，現在我回來，就是要告訴你們實情，告訴你們姜斷弦活得很好。而且經過幾天的安睡，體力也旺盛的多了。」

「哦。」柳伴伴好像嚇呆了，好像丁寧已經敗在姜斷弦的刀下。

花景因夢嘆了口氣，又說：「可是丁寧的身體卻越來越虛弱，臉色越來越蒼白，這樣下去，如何得了？」

「那該怎麼辦？」柳伴伴一副六神無主的模樣。

花景因夢說：「想辦法勸他休息，唯有叫他好好的睡兩天，才能回復體力。」

「可是……可是……」

「可是你勸他，他也不會聽，是不是？」

柳伴伴點點頭。

「沒關係，我們可以用藥。」

「可是……可是……」

「可是那次的藥你已用完，是不是？」

柳伴伴又點點頭。

「沒關係，」花景因夢笑得又甜美，又體貼：「好在我這裡還有一點，雖只一點，也是夠他睡兩天了。」

說完，她含笑躺了下去，把那副完美無瑕的胴體盡量伸展，挺得筆直，手臂也筆直的伸進床頭的一個暗櫃裡。

柳伴伴的眼睛一眨一眨的望著她，好像還以爲花景因夢在向她示威。

就在這時，忽聽花景因夢一聲慘叫，幾乎在同一時間，柳伴伴赤裸裸的身子已經飛了出去，只見她在空中美妙的一個翻轉，人已輕輕飄落在遠遠的屋角。

花景因夢忽然發現她一向引以爲傲的酥胸之間多了個東西，一隻雪亮的劍尖。

她盡力把頭抬起，滿臉狐疑的望望胸前的劍尖，又望望柳伴伴，一副死也不敢相信的表情。

在自己的屋子裡，在自己一向舒適柔軟的床上，怎麼會被人裝上這種機關？

這時的柳伴伴再也不是那副六神無主的模樣，一步一步走上來，冷笑著說：「不相信是不是？」

花景因夢依然滿臉狐疑的看著她。

柳伴伴冷冷的說：「其實你一回來，我就已知道你的目的，你想殺丁寧，卻沒有膽量，因爲你怕死。你唯一的辦法就是利用我，只可惜你選錯了對象。」

她愈說愈氣憤，愈說聲音也愈大：「現在我不妨老實告訴你，也讓你死得明白，只要我柳伴伴活一天，誰也別想殺丁寧，誰想殺丁寧，誰就得死。」

這時花景因夢的血液已漸凝固，縱使聲音再大，她也聽不到了。

唯一能聽到的，恐怕只有丁寧。

丁寧依舊坐在屋簷下，依舊動也不動。

但他的臉上卻多了兩行眼淚。

是爲了花景因夢的死而悲傷？抑或只爲了柳伴伴的癡情而感動？

二 尾聲

一

一陣刺眼的光芒照射下，慕容秋水猛然轉醒。

他一向不喜歡陽光，他不但不喜歡陽光，就連太強的燈光，他也極其厭惡。

而現在，這道光芒幾乎比陽光還要強烈。

他勉強的睜開眼，只見眼前正有一張醜陋、驚愕的眼瞪視著他。

他極其自然的一掌推了出去，只聽「噹」的一聲，手掌一陣刺痛。

這時他才發現那是一面銅鏡。也不知是什麼人將一面鏡子懸掛在他的面前，那道刺眼的光芒，正是從鏡中反射出來的。

鏡子裡的人是誰？

他驚慌的摸摸自己的臉，他的冷汗流了下來。

他閉上眼睛，盡量用他昏沉沉的頭腦思索著睡前的事。

「對了。」他突然想起來：「昨晚我是跟韋好客在一起喝酒。」

「你錯了。」旁邊有個聲音說：「你是跟我喝過酒，但那已是十幾天以前的事了。」

「什麼？」他大吃一驚，翻身就想坐起，但覺下半身一陣劇烈疼痛，他呆住了，突然大叫：「我的腿，我的腿呢？」

「你的腿不是輸給花景因夢了嗎？」

「放屁！輸的明明是她，你怎麼說是我？」

「你又錯了。」韋好客冷笑著說：「輸的是你，因爲花景因夢已經暗示了丁寧在什麼地方。」

慕容秋水愣住了。

韋好客居然嘆了口氣，說：「你一定認爲我在害你，對不對？」

慕容秋水聲音比哭的還要難聽：「難道你這不算是害我嗎？」

韋好客又嘆了口氣，說：「其實我只不過是幫你全信罷了。我想你總該記得上次我鋸腿的時候，你不是曾經對我說人生在世，首重信諾，只要言而有信，腿又算得了什麼？」

慕容秋水的確說過。

「所以……」韋好客苦笑著：「我這樣做，只是爲了維護你的信用，你又怎能怪我呢？」

「好吧！」慕容秋水狠下心，大聲說：「就算這樣做是爲了全信，那麼我的臉呢？」

「那也是因爲我要替你保全形象，」韋好客說：「試想慕容公子瀟灑風流，江湖上誰人不知，如今以你的體質，已不適於再拋頭露面，在外奔波，免得破壞了你過去所樹立起來的大好形象。」

「所以你不但鋸掉我的雙腿，連我的容貌也刻意的改造過了？」

「不錯。」韋好客好像很得意：「你也應該知道，鋸腳簡單，改變容貌卻是件很麻煩的事，幾乎足足費了我五天工夫，才改到這種地步！」

慕容秋水再也忍不住了，大叫一聲：「來人哪！」

韋好客立刻答道：「小的在，公子有何吩咐？」

除了韋好客這聲細聲細語的回答之外，再也沒有其他聲音，過去一呼百諾的場面，竟完全不見了。

慕容秋水眼睛朝四周一轉，大吃一驚說：「這是什麼地方？」

韋好客說：「當然是我的雅座。」

慕容秋水厲聲說：「什麼?你竟敢將我帶到這種地方來？」

韋好客不慌不忙說：「你上次不是曾對姜斷弦說過，大象死的時候，一定會找一個隱秘的埋骨之所，因爲牠不願象牙被人得到，你現在的情況也是一樣，所以我才辛辛苦苦把你抬了來，難道我又做錯了嗎？」

慕容秋水再也不說什麼，拚命向韋好客撲了過去。
但他卻不知此刻自己功力全失，只撲出不遠，大半截身體便已栽在地上。
韋好客又是一陣嘆息，好像覺得苦痛極了。
試想天下還有什麼事比拚命幫忙朋友，而朋友卻一點也不領情來得更加痛苦呢？

二

四月十五。
姜斷弦久盼的日子終於到了。
這天一早，他便輕輕鬆鬆的出了門。比平常的日子還來得輕鬆。
這絕不是他對風眼之戰有必勝的把握，事實卻恰好相反。
如果有人問他這一生誰是最令他頭痛的對手，那個人絕對不是丁寧，而是風眼。
因為丁寧的刀法雖高，但至少他總還知道這個丁寧使的是刀，而風眼使用的是什麼兵器他卻不知道。
他之所以覺得輕鬆，只因為他早已將身後之事交代清楚。
他一向很服風眼，除了風聞風眼武功極高之外，最主要的還是這個人重言諾，講義氣，只要他答應過的事，殺了他的腦袋他也不會更改。

一如姜斷弦所料，當他到達時，風眼早已等在那裡，早就坐在椅子上四平八穩的等在那裡。

姜斷弦首先注意的是他的兵器。只見一把短劍正插在風眼座椅左手的泥土地上，看上去顯得更短。

「原來你使劍。」姜斷弦語氣中不免有點失望。

風眼冷笑說：「我的左手只會使劍。」

姜斷弦這才發現風眼的右手吊在脖子上，顯然是受了傷，而且傷得不輕。

「這是怎麼回事？」姜斷弦問。

風眼只冷冷的看他，什麼話都沒有說。

姜斷弦忍不住追問：「以你的身手，還有什麼人能擊敗你？」

「偶爾總會有一兩個人，」風眼冷冷回答：「就算被公認爲當世第一的高手，偶爾也會被一兩個人擊敗的。」

他停了停，又說：「我不在乎。」

姜斷弦說：「是。」

風眼又說：「不管是誰擊敗我的，我對這個人都絕對沒有一點懷恨之心，如果他願意交我這個朋友，我願意隨時爲他打開我的大門。」

姜斷弦雖然沒說什麼，目光中卻不免流露出幾分敬意。

風眼終於嘆了口氣，說：「今天如果我要找你比武，我就變成了一個虛假的僞君子，因爲如果我故作神勇，非找你比試不可，你一定會拂袖而去，天下人都知道你的脾氣，我又何必如此矯情故作，來搏取世人的佩服呢？」

姜斷弦說：「我不知道別人怎麼樣，可是我很佩服你。」

風眼笑了笑，說：「現在我雖然沒有辦法與你比刀，但是我們還有別的事情可以比。」

「哦？你要比什麼？」

風眼說：「江湖男兒，飄泊了一生，除了刀劍之外，大概只有一樣可以比的了。」

姜斷弦說：「哪一樣？」

風眼只說了一個字：「酒。」

風眼大醉。

姜斷弦也大醉。

他是個極有克制力的人，他這一生從來沒有如此大醉過。

三

黎明，決戰日的黎明。

丁寧仍舊坐在小屋的屋簷下。

這些日子，他既沒有磨刀，也沒有練功，甚至連飲食睡眠也比往日更少，連一點備戰的跡象都沒有，難道他已將決戰的事忘了？

柳伴伴擔心極了，但她除了擔心之外，還能做些什麼呢？

丁寧就坐在那裡，動也不動。

也不知過了多久，頭上的風鈴突然發出兩聲輕響。

沒有風，怎麼會有風鈴聲？

丁寧蒼白的臉上掠起一絲微笑。

「伴伴，你的功夫又精進了。」

柳伴伴什麼都沒有說，只凝視著屋前空曠的原野。

又過了一會，柳伴伴忽然說：「他好像喝了酒。」

「哦？」丁寧剛剛睜開眼，眉頭就不禁一皺：「好像是宿醉未醒。」

「誰說我宿醉未醒?」姜斷弦刹那間已來到近前。

他嘴巴雖然很硬,頭卻痛得厲害。

他自己也不知道為什麼跟風眼喝得這樣醉。

莫非這是他跟丁寧決鬥之前,對生命的一種告別?

他看了看天色,大聲說:「我好像來遲了。」

丁寧淡淡一笑,說:「早也是來,遲也是來,早一些何妨,遲一些何妨?」

姜斷弦微微愣了一下,說:「請。」

這時除了這個字,他幾乎已沒有別的話說。

昔日的恩怨、情感,到這生死決戰的時刻,都已變成過眼雲煙,除了這個字之外,他還能說什麼?

丁寧只是微笑著,動也不動。

姜斷弦突然發覺丁寧賴以成名的刀不見了。他不禁奇怪的問:「你的刀呢?」

丁寧說:「我沒有帶刀。」

姜斷弦說:「今天是我們在刀下一決勝負生死的時刻,你為什麼不帶刀?」

丁寧說:「你我兩人,恩怨糾纏,就算我與你在刀下分出生死勝負,又能證明什麼呢?縱然你勝了我,早晚有一天你還是會敗在別人手上,你說是不是?」

姜斷弦愣住了,他從未想到丁寧會說出這種話來。

手。」

丁寧又說：「所以我今天不想跟你比刀。」

姜斷弦不禁朝後縮了一步，他真怕丁寧跟風眼一樣，又要跟他比酒。

丁寧笑了一笑，說：「我也不會跟你比酒，因爲現在我若跟你比酒，你絕對不是我的對手。」

姜斷弦鬆了口氣，說：「那麼你想跟我比什麼？」

「我們可以比試的東西很多，」丁寧想了想：「譬如我們可以比誰坐得久，我們可以比誰吃得多，我們也可以比誰爬得最遠。」

身旁的柳伴伴不禁想笑，但還是忍住了。

「如果你認爲這些事情太俗，我們還可以比別的。我們可以學學那些文人雅士們比比圍棋，你說怎麼樣？」

姜斷弦呆了呆，說：「我不會下棋。」

丁寧笑笑說：「我也不會，不過我們可以學，直到我們都學得差不多的時候，我們再好好對一局。」

姜斷弦有些遲疑。

丁寧又說：「不過我們從現在開始學棋，三五年之後或許已有小成，到時我們再一決勝負，但那又能證明什麼呢？縱然你勝了我，遲早你還是會敗在別人手上，你說是不是？」

姜斷弦又愣住了。

丁寧又笑了笑，說：「所以我認爲比跟不比的結果都是一樣。」

姜斷弦問：「那麼你的意思呢？」

丁寧說：「既然比不比都是一樣，那麼我們還比什麼呢？」

就在這時，遠處忽然傳來一陣鼓樂之聲，一列人馬，蜿蜒而來。

但見旌旗招展，銅鼓宣揚，行列極其壯觀。

丁寧站起來，拍了拍身上的灰塵，昂首大步的迎了上去，他看也沒有看柳伴伴一眼，經過姜斷弦身邊時，也只不過說了兩個字。

「再見。」

姜斷弦也轉身大步走了，但他的臉上卻不禁流露出一抹微笑了，一種從來沒有過的溫暖的微笑。

只剩下柳伴伴依然愣愣的站在那裡，直到丁府的行列完全消失，她才跌坐在丁寧剛剛坐過的蒲團上。

蒲團上的餘溫猶在！人卻不見了，而且走的時候他竟連看也沒有看她一眼。

想到這裡，柳伴伴一陣悲從中來，淚珠兒成串的灑了下來。

也不知哭了多久，她突然跳了起來。

她突然想到，丁寧還沒有死，自己何必如此悲傷？只要丁寧不死，自己就總有辦法見到他的。

她是個非常想得開的女人，如果她想不開，在她過去的那些飽經劫難的日子裡，她起碼已經死過幾百次了。

她擦乾眼淚，從小屋中取出丁寧留下的刀，直奔城中而去。

她決定要到城裡好好玩玩，好好散散心，最起碼也要好好的吃上幾頓。

四

正午。

城東天香樓。

柳伴伴大馬金刀的坐在正對樓梯的桌子上。

滿桌上都是菜，少說也有七八道，桌角上擺著一把烏黑的刀。

每個上樓的客人都不免以驚奇的眼光看她一眼。

柳伴伴一點也不在乎，她一口酒，一口菜，吃得開心極了。

這時跑堂又把一道熱氣騰騰的菜擺在她的桌上。

柳伴伴吃了一口，問：「這是什麼？」

跑堂陪笑說：「這是您點的西湖醋魚。」

柳伴伴筷子一摔，眼睛一瞪，說：「這是什麼西湖醋魚？酒這麼多，醋這麼少，你當我沒吃過這道菜嗎？」

跑堂連忙說：「姑娘多多包涵，如果不合您的味口，我們再給您重做。」

「不必了。」旁邊忽然有個人說：「也許大師傅認為女人應該多喝點酒，少吃點醋，醋吃得太多會翻胃的。」

柳伴伴一見到這個人，火氣馬上消了，眼睛也小了，臉也紅了，連坐的樣子都變了。

這個人當然是丁寧。

柳伴伴嬌聲問道：「咦，你怎麼又跑了出來了？」

丁寧說：「我高興。」

柳伴伴瞄了滿桌的菜一眼，不禁把頭垂下來，好像做了什麼虧心事。

丁寧笑了，說：「你這幾天幾乎把城裡大館子都已吃遍，該吃膩了吧？」

柳伴伴輕輕說：「好像……差不多了。」

丁寧又笑了笑，拿起筷子，挾了一塊魚嚐嚐，眉頭不禁一皺，說：「這算什麼西湖醋魚？」

柳伴伴應著：「就是嘛。」

丁寧說：「我認識一個大師傅，他那道西湖醋魚絕對是天下第一。」

「哦？」柳伴伴嚥了口唾沫：「哪間館子？」

丁寧說：「一品居。」

柳伴伴想了想，問：「我怎麼沒聽說過?開在哪裡？」

丁寧笑了笑：「蘇州。」

柳伴伴漸漸的回復了點女人味，居然白了他一眼，說：「你真會開玩笑，蘇州那麼遠，怎麼去吃？」

丁寧說：「你放心，縱然走個十天半個月，那大師傅也跑不掉的。」

柳伴伴說：「那麼遠的路，只怕十天半個月也趕不到。」

丁寧仍舊笑了笑，只是把聲音放得更低：「你放心，那大師傅年輕得很，今天才三十八歲，縱然我們走上十年，他也死不掉的。」

柳伴伴再也說不出話來，她只覺得心跳得很快，臉燒得厲害，身子一軟，整個人已撲進丁寧懷裡。

全書完

【附錄】

武學地圖之古龍兵器

知名作家、文學評論家
覃賢茂

一、百曉生兵器譜

《多情劍客無情劍》，百曉生作兵器譜排名如下：

1、如意棒

如意棒在百曉生的兵器譜中排名第一。

如意棒也叫天機棒，天機不可洩露，除了那位「天機老人」外，誰也不知如意棒的秘密。

可惜天機老人孫老頭後來也沒有勝過排名之二的龍鳳環。

2、子母龍鳳環

龍鳳環在兵器譜中排名第二。

用兵器講究的是「一寸長、一寸強，一寸短，一寸險。」

子母龍鳳環更是險中之險，只要一出手，就是招招搶攻的進手招式，不能傷人，便被人傷，是以武林中敢用這種絕險兵器的人並不多。

龍鳳環是上官金虹和上官飛所用兵器。

3、小李飛刀

「小李飛刀，例無虛發。」

小李飛刀在兵器譜中排名第三。

4、嵩陽鐵劍

嵩陽鐵劍在兵器譜中排名第四。

郭嵩陽兵器。

5、銀戟

呂鳳先兵器。

6、蛇鞭

蛇鞭在兵器譜中排名第七。

軟兵器越長越難使，能使七尺軟鞭的人，已可算是高手。西門柔所用的排名第七的軟鞭，卻長達兩丈七八，長鞭在他手中就像長眼睛的鞭子。

7、鐵拐

鐵拐在百曉生的兵器譜中排名第八。

諸葛剛手中的金剛鐵拐淨重六十三斤，天下武林豪傑所使用的兵器，沒有一個比他更重的。

8、青魔手

「武林有七毒，最毒青魔手。」

青魔手是伊哭採金鐵之英，淬以百毒，鍛冶了七年才製成的，是武林中最霸道的兵刃之一。百曉生作兵器譜時，因爲這件兵器太邪，所以百曉生故意抑抵了它，青魔手在兵器譜中只排名第九，其實它的威力並不在排名第六的鞭神蛇鞭和排名第七的金剛鐵拐之下。

青魔手形狀像一副鐵手套，看起來醜惡而笨拙，但它的顏色卻令人一看就毛骨悚然。中了青魔手之人，半邊臉能腫起半尺高，紅裏發紫，紫中透明，連眼睛都被擠到一邊去了。

9、玉簫

兵器譜上東海玉簫排名第十。

玉簫道人武功淵博，據說身兼十二家之長，掌中玉簫，既可打穴，也可作劍甲，簫管中還藏著極厲害的暗器。

有道是金環無情，飛刀有情，鐵劍好名，玉簫好色。

10、判官筆

高行空使用的判官筆在百曉生的兵器譜中排名第三十七。

11、飛槍

燕雙飛的飛槍在兵器譜中排名第四十六。

飛槍有七七四十九柄，有長有短，長的一尺三寸，短的六寸五分，燕雙飛雙手能在頃刻間連發四十九柄飛槍，百發百中。

12、流星錘

風雨雙流星是一對流星錘，兵器譜上排名第三十四。

二、名劍

1、赤松

「赤松」是柄很奇怪的劍，劍的份量本來極重，可是劍鋒出鞘後，握在手裏，卻彷彿忽然變得極輕，劍鋒本來色如古松的樹幹，劍光卻是碧綠色的，就像是青翠的松針。

傳說中「赤松」是春秋戰國時第一高人赤松子的佩劍。「赤松」的光芒本該紅如夕陽，可是殺人無算的利器神兵，若是多年未飲人血，不但光芒會變色，而且會漸漸失去它的鋒芒，甚至會漸漸變爲凡鐵。

「赤松」是柄形式奇古的長劍，十九年未用，青銅劍鍔和劍鞘呑口上已生綠鏽，長劍脫鞘時，立刻佈滿森森劍氣，連人的鬚眉都被映綠。

赤松是把名劍，和劍客一樣，是不能敗的，如果敗了，光華碧綠的劍鋒，會變得黯淡無光。

赤松劍是《大地飛鷹》中噶倫喇嘛兵器。

2、魔眼

「魔眼」是一柄名劍的名字。

名劍就像是寶玉，本來是不應該有瑕疵的，這柄劍卻是例外。魔眼明亮如秋水般的劍鋒上，只有一點瑕疵，看來就像是一隻眼睛。這一點瑕疵反而增加了這柄劍的可怕與神秘。

《大地飛鷹》中小方佩劍。

3、魚腸劍

魚腸劍是上古神兵，武林重寶，「藏劍山莊」也以此劍而聞名。

「藏劍山莊」老莊主藏龍老人，與少林、武當、崑崙三大派的掌門人是生死之交，因此魚腸劍經過多次浴血戰，也沒有被人奪走。

後來少莊主游龍生得到了魚腸劍，卻輕易將魚腸劍送給了有武林第一美人之稱的林仙兒。

《多情劍客無情劍》中游龍生兵器。

4、奪情劍

「專諸魚腸，武子奪情，人以劍名，劍因人傳，人劍輝映，氣沖斗牛。」

奪情劍本是一代劍豪狄武子所有，狄武子愛劍成癡，孤傲絕世，直到中年時，才愛上一位姑娘，兩人本來已有婚約，誰知這位姑娘卻在他們成親的前夕，和他的好友神刀彭瓊在暗中約會，狄武子傷心氣憤之下，就用奪情劍殺了彭瓊，從此以劍為伴，以劍為命，再也不談婚娶之事。

《多情劍客無情劍》中游龍生兵器。

5、綠柳

綠柳劍是巴山顧道人的遺物，顧道人以七七四十九手回風舞柳劍縱橫天下，這柄劍出鞘，冷森森的劍氣立刻逼人眉睫而來，閃動的劍光竟是碧綠色的。

6、淚痕

有關淚痕這柄劍有三種傳說。

A、鑄造「淚痕」的人，是歐冶子之後第一位大師，也是當時的第一位劍客，可是終他的一生，從來也沒有用過這柄劍，甚至沒有拔出鞘來給人看過。因爲這柄劍太凶，只要一出鞘，必飲人血。此劍出爐時，那位大師就已看出劍上的凶兆，一種無法可解的凶兆，所以他忍不住流下淚來，滴落在這柄劍上，化做了淚痕。劍鋒上的淚痕就是這麼樣來的。

那位大師既然已看出它的凶煞，卻因爲這柄劍鑄造得實在太完美，因此不忍心下手，把自己一生心血化成的精萃毀於一旦。何況劍已出爐，已成神器，就算能毀了它的形，也毀不了它的神了，遲早總有一天，它的預兆，還是會靈驗。

B、淚痕是一柄完美無缺的劍。

蕭大師不但善於鑄劍，相劍之術也無人能及，劍一出爐，他已從劍上看出一種無法化解的凶兆。寶劍出世，神鬼共忌，這柄劍一出爐，就帶著鬼神的詛咒和天地的戾氣，不但出鞘必定傷人，而且還要把蕭大師身邊一個最親近的人作爲祭禮。這柄劍出爐時，蕭大師就已看出他的獨生子要死在這柄劍下。這柄劍是他自己的心血結晶，他當然不忍下手去毀了它，而且他也不敢毀了這柄劍，因爲天意無常，天威難測，冥冥中有很多安排都是人力無法抗爭，如果蕭大師毀了這柄劍，說不定就會有更可怕的禍事降臨到他的獨子身上。因此他只有流淚，寶劍出爐時，若是有眼淚滴在劍上，就會留下永遠無法磨滅的淚痕。這柄劍因爲劍上有淚痕，所以叫淚痕。

C、高漸飛用淚痕殺掉了卓東來，淚痕劍上的淚痕竟然不見了。

——難道卓東來也是蕭大師的親人？難道他那個從未見過面的父親就是蕭大師？所以他一死在劍下，淚痕也同時消失？

——抑或是鬼神之說畢竟不可信，劍上邊一點淚痕忽然消失，只不過因爲此刻剛好到了它應該消失的時候？

7、薔薇劍

薔薇劍是柄軟劍，平時能像腰帶般藏在衣下，皮鞘也是柔軟的。

薔薇劍劍柄鮮紅，劍鞘也是鮮紅的，比薔薇更紅。

這柄劍最可怕之處本不在劍鋒，而在劍鞘。劍鞘是用「血薔薇」的花汁染紅的。血薔薇就是用五種毒血灌溉成的薔薇。這五毒是七寸陰蛇，百節蜈蚣，千年寒蛇，赤火毒撅，還有一種就是那些不忠不義的叛徒賊子。

薔薇劍要殺的就是這五毒，若是通見孝子忠臣義氣男兒，這柄劍的威力根本就發揮不出。若是遇見了五毒，血薔薇的花魂就會在劍上復活，若是這五毒之一，就會嗅到一種神秘而奇異的香氣，血薔薇的花魂就會在不知不覺攝去魂魄。

薔薇劍爲《天涯．明月．刀》中燕南飛兵器。

8、藕斷絲連、滿天星雨千蛇劍

藕斷絲連、滿天星雨千蛇劍是把怪劍，手一抖，一把劍就真的好像化成了千百條銀蛇，化成了滿天星雨，這柄劍竟像是突然碎成了無數片。這柄劍上竟裝著種奇巧的機關，可合可分，合起來是一柄劍，分開來時就變成了千百道暗器，用一根銀絲聯繫。當銀絲抽緊，機簧發動，又變成一柄劍。

千蛇劍是《三少爺的劍》中夏星侯兵器。

9、靈蛇劍

靈蛇劍顧名思義，是一柄又細又長的劍，平時藏在竹竿裏，劍一出鞘，寒光顫動如靈蛇。一直不停地顫動，讓人永遠看不出他的劍尖指向何方，更看不出他出手要刺向何方，連劍光的顏色都彷彿在變，有時變赤，有時變青。靈蛇劍靈如青竹，毒如赤練，七步斷魂。

靈蛇劍是《七種武器之離別鉤》中應無物兵器。

10、藍山古劍

藍山古劍是一柄劍光藍如藍天的古拙長劍，以指彈劍，劍作龍吟，劍長達三尺七寸，藍大先生揮劍時，劍光暴長，劍鋒忽然間又長了三尺，劍尖上竟多出一道藍色的光芒，伸縮不定，燦爛奪目，竟像是傳說中的劍氣。劍氣迫人，七尺外的一棵樹都可以攔腰而斷。

藍山古劍是《七種武器之離別鉤》中藍一塵兵器。

11、靈空

萬君武壯年時刀法已經煉成，還想學劍，因此托邵大師煉柄利劍，邵大師煉成靈空後，發現是柄凶劍，劍身上的光紋亂如蠶絲，劍尖上的光紋四射如火，是柄大凶之劍，佩帶者必定招致不祥，甚至會有家破人亡的殺身之禍，邵大師立刻就將靈空劍毀了。萬君武也怕那是柄凶劍，因此也沒有說什麼，因爲他已經有了一把魚鱗紫金刀。沒想到邵大師卻再用殘劍的餘鐵煉成一柄其薄如紙的薄刀。用這種薄刀殺人，如果動作夠快，外面就看不出傷口，血也流不出來．可是被刺殺的人卻一定會因爲內部大量出血而立刻斃命，必死無救。薄刀被應無物用一部殘缺的劍譜換走，應無物將薄刀傳給了狄青麟，狄青麟用這一柄薄刀殺死了萬君武和應無物。

12、八方銅劍

中興周室之名主太康、少康父子，集天下名匠，鑄八方之銅，十年而得一劍，便是八方銅劍。八方銅劍劍形古樸，黝黑中帶著墨綠的劍身，並沒有耀眼的光芒，但人遠在八尺外，就能感到寒氣浸入肌膚。

八方銅劍是《楚留香新傳之借屍還魂》中薛衣人藏劍。

13、照膽劍

古來雄主，皆有名劍，照膽是武丁之劍。這柄劍皮鞘華美，劍柄上嵌著松綠石，鑲金絲，劍柄與劍身中的「彘」，雖似黃金鑄成，卻作古銅顏色。

照膽劍是《楚留香新傳之借屍還魂》中薛衣人藏劍。

14、無名之劍。

這柄劍烏鯊皮鞘，紫銅吞口，長劍出鞘才半寸，就有種灰濛濛、碧森森的寒光映入眉睫。人因劍名，人的光芒已被劍的光芒所掩蓋，所以這柄劍反而取名爲無名之劍。

這柄無名之劍，鋒芒畢露，殺氣逼人，若非絕代高手，若無驚人手段，便不足以馭此劍，只怕反倒要被此劍傷身。

無名之劍是《楚留香新傳之借屍還魂》中薛衣人佩劍。

15、碧血照丹青

碧血照丹青是柄墨綠色的短劍。

傳說鑄劍師的妻子兒女都相繼以身殉劍，也沒有用，鑄劍師悲憤之下，自己也躍入法爐，誰知他自己跳下去後，爐火竟立即純青，又燃燒了兩日後，才有個過路的道人將劍鑄成。據說此劍出爐後，天地俱為之變色，一聲霹靂大震，那道人被霹靂震倒，恰巧跌倒在這柄劍上，做了這柄劍的第一個犧牲品。

那鑄劍人自己躍下法爐時，悲憤之下，曾賭了個惡咒，說此劍若能出爐，以後只要見到此劍的人，必將死於此劍之下。

16、青雲劍

青雲劍是以緬鐵之英練成的，劍光青中帶藍。這種劍一共只有七柄，是點蒼七劍專用佩劍。

17、千錘大鐵劍

這柄劍長四尺三寸，重三十九斤，鑄劍時用的鐵來自九府十三州，集九府十三州的鐵中精英，千錘百練才鑄成。這柄劍下擊時的力量，也像是有一千柄大鐵錘同時擊下一樣，凌厲威猛，萬夫不擋。

這柄劍也因爲太重了，在招式變化間無疑會損失很多可以在一瞬間制敵傷人的機會。

《英雄無淚》中司馬超群所用兵器。

司馬超群天生神力，舉千鈞如舉草芥。

司馬超群威震天下是「霹靂九式」，其中最威猛霸道的一著是「大霹靂」。

18、銀劍

銀劍劍身狹窄，看來竟似比筷子還細，卻長達五尺開外，由頭至尾，銀光流動，似乎時刻都將脫手飛去。這柄劍不動時，已是銀光流動，眩人眼目，劍光展開時，宛如平天裏潑下一盆銀水來。

銀劍是《絕代雙驕》中花無缺所用兵器。

19、藍玉和赤霞

藍玉和赤霞是對劍，藍玉是雌劍，赤霞是雄劍，本屬於逍遙侯。逍遙侯爲了要讓風四娘親眼看一看割鹿刀的威力，用割鹿刀一刀將赤霞削斷了，藍玉劍就送給了風四娘。

藍玉是一柄一尺多長的小短劍，劍鋒奇薄，發著青中嚴寒藍的光。

這種劍最適合女子使用，唐代最負盛名的女劍客公孫大娘，用的也是這種短劍，而藍玉劍後來則是公孫大娘的首徒申若蘭的佩劍。

20、黃金巨劍

黃金巨劍是一柄完全與眾不同的劍，從劍鍔劍柄到劍身，從長度到重量，每一點都打破了前人鑄劍的所有規格。

四尺九寸七分長的劍，重三十三斤三兩三錢，以白金爲劍鍔，黃金爲劍匣，上面所鑲的珠寶，價值在十五萬兩以上，華麗輝煌，無與倫比，劍無出匣，就已經足夠懾人心魄。

《賭局》中柳輕侯兵器。柳輕侯的劍法是以「氣」、「勢」和「力」結合成的「霹靂雷霆十三式」，剛烈威猛，天下無雙。

21、精銅軟劍

韓伶所用，平時可纏在腰間。

22、喪門劍

《白玉老虎》中屠強使用、《七種武器之孔雀翎》中麻峰兵器。

23、五鉤劍

《陸小鳳傳奇》中閻鐵珊手下使用。

24、閻羅劍

《劍·花·煙雨江南》中兵器。

25、松紋劍

只有武當弟子才會用松紋劍。松紋劍是一柄形式很古雅的長劍，精鋼百煉，非常鋒利，劍背上帶著松紋。《九月鷹飛》中兵器。

《蕭十一郎》中點蒼派掌門謝天石兵器也是松紋劍。

26、短劍

短劍一尺三寸長，寬僅七分，可放入衣袖中。

《七種武器之霸王槍》中丁喜兵器。

27、軟劍

《多情劍客無情劍》中黑蛇的軟劍漆黑細長，如腰帶一般寬。

《七種武器之拳頭》中常無意用的兵器也是軟劍，平時可圍在腰間。

《蕭十一郎》中小公子使用的軟劍薄而細，平時藏在玉帶裏。

《蕭十一郎》中沈天菊、龍一閃也使用軟劍。

28、弧形劍

弧形劍是一種很犀利也比較難練的外門兵器，《歡樂英雄》中兵器。

29、寒機劍

寒機劍長六尺，《歡樂英雄》中黑衣人兵器。

30、烏鞘劍

烏鞘劍長四尺七寸，很少有人用這種劍，因爲要將這麼長一柄劍從劍鞘中拔出來不是一件很容易的事，那必須有很特別的手法，很特別的技巧。

江湖中會用這種長劍的只有丁逸郎、宮紅粉和南宮醜。

31、阿飛之劍

《多情劍客無情劍》中阿飛的劍嚴格說來，實在不能算是一柄劍。那是只有一條三尺多長的鐵片，既沒有劍鋒，也沒有劍鍔，甚至連劍柄都沒有，只用兩片軟木釘在上面，就算是劍柄了。但就是這柄劍，卻可以刺穿人的咽喉。

32、竹劍

竹劍也是阿飛之劍。

阿飛砍下段竹子，從中間剖開，削尖、削平，撕下條衣襟，纏住沒有削尖的一端，就算做成了一柄劍。

33、吳鉤劍

《絕代雙驕》中兵器。

34、三環劍

三環劍是一柄青光瑩瑩百煉精鋼所鑄的寶劍，精緻華麗的劍柄上刻有「劍在人在，劍亡人亡」八個字和三個圓圈。三個圓圈是一種標記，憑這個標記，可以通行無阻。

《絕代雙驕》中沈洋兵器。

35、龍鳳雙飛鴛鴦劍

龍鳳雙飛鴛鴦劍是一對劍。雌劍叫「輕鳳」，又輕又巧，刃薄如紙。雄劍叫「神龍」。

《絕代雙驕》中龍鳳劍客兵器。

36、薛大先生之劍

薛大先生的劍完全是遵照干將莫邪和徐夫人遺留下來的標準規格鑄造的，尺寸的長短、劍柄的寬厚、劍鍔的樣式、甚至連劍鞘所用的皮革和銅飾，都帶著濃厚的古風，沉穩樸實，深藏大露。

這柄劍一出鞘，就一定要見血，絕不空回。

《賭局》中薛滌纓兵器。

三、刀

1、小樓一夜聽春雨

小樓一夜聽春雨是一把畸形彎刀，據說是昔年魔教教主隨身配帶的寶刀。昔年的魔教教主別號「小樓」，他和一位名叫「春雨」的姑娘有一段纏綿的戀情，小樓一夜聽春雨就是爲了紀念那一段戀情的。

小樓一夜聽春雨可以凌空盤旋飛舞，取人首級於百步之外。

《獵鷹》中令狐遠兵器。

2、魔刀

四尺九寸長的長刀，薄如蟬翼，寒如秋水，看起來彷彿是透明的一般。

這柄刀是緬鐵之英百煉而成的，可剛可柔，不用時可以捲成一圈，藏在衣袖裏。

這把刀的出現，必定會帶來血光和災禍，因此這把魔刀是魔教屬下章鐵燕夫妻使用的。

3、五虎斷門刀

五虎斷門刀是彭家秘傳的刀法，剛烈、威猛、霸道，「一刀斷門，一刀斷魂」。

五虎斷門刀是線性鋼刀，重四十三斤，形狀很奇特，刀頭特別寬，刀身特別窄。

彭天壽是五虎斷門刀的第一高手，彭烈、彭老虎都曾用過此刀。

4、天王斬鬼刀

天王斬鬼刀刀柄長一尺三寸，刀峰長七尺九寸，華麗的鯊魚皮刀鞘上，綴滿了耀眼的珠寶。

天王斬鬼刀要用五百把普通的刀才能打製而成。這把刀一刀殺過二十七個人，每個人的頭都被砍成了兩半。

《天涯·明月·刀》中苗天王兵器。

5、螳螂刀

螳螂刀上劇毒無比，無論誰被劃破一絲血口，一個對辰內必死無救。

《白玉老虎》中唐獨兵器。

6、鬼頭刀

鬼頭刀的刀頭重，刀身細，就像是一把錘子一樣重。

《拳頭》中狼山的狼人兵器。

《七種武器之孔雀翎》中毛戰也用鬼頭刀，鬼頭刀重三十六斤。

7、斬馬刀

斬馬刀刀長四尺三寸，《孔雀翎》中湯野兵器。

8、魚鱗紫金刀

魚鱗紫金刀是《七種武器之離別鉤》中萬君武所用兵器。

《多情劍客無情劍》中趙正義、《絕代雙驕》中李明生、李迪也用紫金刀。

9、女人

女人這把刀的顏色很奇特，竟是粉紅色的，就像是少女的面頰。這把刀不但可以吹毛斷髮，而且見血封喉。

因爲這把刀快得像女人的嘴，毒得像女人的心，所以藍先生爲這把刀取名叫女人。

《大人物》中柳風骨兵器。

10、割鹿刀

「秦失其鹿、天下共逐，唯勝者得鹿而『割之』。」

割鹿刀的意思正是取其意。

相傳割鹿刀爲鑄劍大師徐魯子所鑄，爲了這柄刀他幾乎耗盡了畢生的心血。

這把刀連柄才不過兩尺左右，刀鞘、刀柄、線條和形狀都很簡樸，更沒有絲毫炫目的裝飾。

11、緬刀

用上好緬鐵千錘百鍊打成的，可以像皮帶一樣圍在腰上。

《白玉老虎》中郭狗、《七星龍王》中田雞仔兵器。

12、**雁翎刀**

雁翎刀是刀法中比較輕巧的一種，《白玉老虎》中丁剛、《陸小鳳傳奇》中閻鐵珊手下、《劍・花・煙雨江南》中雷奇峰夫婦、《九月鷹飛》中段十二使用。

13、**闊羅刀**

《劍・花・煙雨江南》中兵器。

14、**軟刀**

軟刀是《七種武器之拳頭》中香香兵器，長達一丈七八尺，平時可圍在腰間。

《楚留香新傳之午夜蘭花》中程凍用的是四尺二寸長的鐵軟刀，平時繞腰兩圈，用時一抽，迎風而挺，一招「橫掃千軍」，可令十人折腰而死。

《絕代雙驕》中巴蜀東用的是緬鐵軟刀，共有三招，號稱「殺虎三絕手」。

15、**九環刀**

九環刀是《多情劍客無情劍》中上官金虹手下使用的兵器。

《絕代雙驕》中的曾倫也曾使用九環刀。

16、彎刀

《九月鷹飛》中珍珠姐妹兵器。

17、飛刀

飛刀有淡金色的淡如月光的刀柄，刀身非常窄。

《飛刀，又見飛刀》中月神兵器。

18、柳葉刀

柳葉刀又輕又短，《楚留香之血海飄香》中沈珊姑、《絕代雙驕》中柳玉如、鐵心蘭等人兵器。

19、練子掃刀

練子掃刀刀長二尺八寸，練子長短由心，有時候還可以作飛刀使用，歸屬刃破空，可取人首級於百步外。刀雖帶練子，用的卻是剛勁。

《楚留香新傳之午夜蘭花》中郭溫兵器。

20、金背砍山刀

金背砍山刀重達二十六斤，《蕭十一郎》中彭鵬飛兵器。

21、斬虎刀

斬虎刀重五十六斤，《蕭十一郎》中厲青鋒兵器。

22、短刀

短刀刀身很狹，薄而鋒利，《蕭十一郎》中杜吟、霍英兵器。

23、鉤鐮刀

鉤鐮刀帶著長鏈，屬於一種比較輕柔的兵器，《蕭十一郎》中何平兵器。

24、七殺刀

七殺刀又叫「天地神佛人鬼獸」七殺刀，見神敬神，見鬼殺鬼。

七殺刀形式奇古，刀身特別寬而短。刀鞘是用一種暗黃色的金屬製成的，上面鑲著七顆金光閃耀的金鋼石。七殺刀是把凶刀，一動就要見血。

當年七殺刀曾與小樓一夜聽春雨對決過七次，小樓一夜聽春雨勝了七次，可也無法逼這把刀脫手。

《賭局．海神》中墨七星兵器。

25、砍虎刀

砍虎刀是西南滇緬山區土人峒主常用的刀。

《賭局．海神》中卜鷹兵器。

四、暗器

1、孔雀翎

孔雀有翎正如羚羊有角．不但珍貴，而且美麗。但他們說的孔雀翎，卻不是孔雀的羽毛而是種暗器。一種神秘而美麗的暗器。一種可怕的暗器。沒有人能形容它的美麗，也沒有人能避開它，招架它。

在暗器發射的那一瞬間那種神秘的輝煌和美麗，不但能令人完全暈眩，甚至能令人忘記死的可怕。據說所有死在這種暗器下的人，臉上都帶著種神秘而奇特的微笑。所以有很多人都認為他們是心甘情願地死在這暗器下的，就好像有些人明知薔薇有刺，卻還是要去採擷。因為這種輝煌的美已非人力所能抗拒。

2、散花天女

散花天女是一種暗器，是蜀中唐門經過了無數年計畫，集中了無數人的智慧，花費了大量的金錢和人力，才製成了一種暗器。

製造這種暗器的計畫，是由唐缺起草，再經過唐家內部所有核心人物的同意才擬定的。計畫的第一步，是結交霹靂堂，取得霹靂秘製火藥的配方。計畫的第二步，是要把霹靂堂的火藥和唐家的暗器配合，製造出一種新的暗器來，這種暗器就叫散花天女。

這種暗器要像毒蒺藜一樣，能夠打得很遠，又要像毒砂一樣能夠飛散。毒蒺藜是用十三片葉子配合成的，每片葉子上都有劇毒，每片葉子上的毒性都不同。他們再把霹靂堂的火藥加進去，只要暗器發出，無論碰到什麼，火藥都會被引爆，這十三片葉子就會飛射而出，令人防不勝防。

3、針類暗器

A、奪命金針

沈璧君使用的祖傳的金針號稱天下第一暗器。沈璧君心腸柔弱，出手中夠快、夠準，卻不夠狠，祖母沈太君就要她在收暗器的手法上多下苦功。沈璧君一手收暗器的功夫「雲卷流星」，使用時長袖如流雲般卷出，使出來不帶一點煙火氣，的確是武林中一等一的功夫。

B、七星絕命針

七星堂莫氏兄弟的獨門暗器。

C、斷腸針

斷腸針有毒，針是慘碧色的，《邊城浪子》杜婆婆的獨門暗器。

D、飛燕針

飛燕針的毒與平常暗器不同，中了飛燕針後，若是靜靜的躺著，必死無疑，中毒後飛奔，讓毒性散出來後，反而有救。

《陸小鳳傳奇》中上官飛燕所用暗器。

E、上天入地，大搜魂針

上天入地大搜魂針比繡花針還細。《九月鷹飛》中上官小仙用暗器。

F、毒針

唐門暗器之一，中了毒針之人，整張臉變得烏黑，舌頭伸出，眼珠凸起，就好像被一根繩索勒斷了脖子。

G、銀電針

銀電針用純銀打造，非常細，《七星龍王》中銀電仙子暗器。

H、玉帶藏針

玉帶實際上是一條腰帶，在腰帶中還藏著暗器，自是令人防不勝防。腰帶中藏有數十根毒針，針上發著慘碧色的光芒，顯然是見血封喉的劇毒。

《陸小鳳之蝙蝠傳奇》中紫鯨幫幫主海闊天暗器。

I、天絕地滅透骨穿心針

天絕地滅透骨穿心針細如牛芒的銀針，竟能穿透皮肉直射入人的骨頭裏。

《絕代雙驕》中地下宮闕中暗器。

J、銀針

《多情劍客無情劍》中千手羅剎暗器。

K、七星針

七星針藏在細管中發出，一著「雲底飛星」是縱橫天下的「大漠神龍」札木合的平生絕技。

《楚留香傳奇之血海飄香》中札木合之女黑珍珠使用。

L、七星透骨針

七星透骨針極難打造，必須靠機簧鋼筒才能發生。練七星透骨針的人，都是左右連發，因此一發就是十四根。

《七種武器之多情環》中暗器。

4、釘類暗器

A、透骨釘

透骨釘是最可怕的暗器之一，但比較常見。

B、霹靂釘

霹靂釘極細小，每一件暗器都可以穿透死者的肌膚，釘入骨骼。《七星龍王》中「無聲霹靂」雲中雷所用暗器。

C、五毒飛釘

五毒飛釘是《天涯·明月·刀》中，鬼婆婆獨門暗器。

D、喪門釘

喪門釘是《蕭十一郎》中侯一元所用暗器。

E、暴雨梨花釘

暴雨梨花釘雖然名爲「釘」，其實卻和繡花針差不多，只不過尾端比較粗些，但放在手裏還是輕飄飄的。因爲它的速度快，所以力量才大，可以在四五丈外射出。

暴雨梨花釘裝在一個特製的銀匣子裏才能射出。特製的銀匣子七寸長，三寸厚，製作極爲精緻，匣子的一旁排列著三行極細的釘孔，每行九孔。

《楚留香傳奇之畫眉鳥》中李玉函夫婦暗器。

5、天女花

天女花是一種比較惡毒的暗器。不但花瓣可以飛射傷人，花瓣中還藏著致命的毒針。

6、毒蒺藜

毒蒺藜是唐門暗器，由十三枚細小的鐵片組合成的，鋼質極純，打造得極複雜精巧，葉瓣中還藏著七枚極細的鋼針，打在人身上後，鋼針崩出，無論是釘到骨頭上，還是打入血管裏，都必死無疑。

毒蒺藜不但手工精細奇巧，而且每一枚鐵片上閃動的光彩都不同，看來就像是一朵魔花，雖然很美，卻美得妖異而可怕。

《白玉老虎》、《多情劍客無情劍》中都出現過。

7、五毒如意芒

形狀像山野中的芒草，《多情劍客無情劍》中江湖五毒之一採花蜂潘伶的獨門暗器。

8、人材銀花

人材銀花的形狀像是水銀凝結成的花朵。

《多情劍客無情劍》中江湖五毒之一採花蜂潘伶的獨門暗器。

9、沙類暗器

A、追魂沙

追魂沙是唐門暗器，見血封喉，距離近時，威力比毒蒺藜更可怕。這種毒砂只要有一粒打在臉上，就得把半邊臉削下去，若是有一粒打在手上，就得把一隻手剁下去。

B、子午催魂沙

子午催魂沙是莫希所用暗器。

C、斷魂砂

斷魂砂是唐門的一種暗器，這種毒砂比米粒還要少得多，雖然不能打遠，可是一發出來就是黑濛濛的一大片，只要對方在一丈之內，兩丈方圓間，休想躲得開，只要挨著一粒，就必將腐爛入骨。斷魂砂細少如粉末，份量卻特別的重。暗器的體積越小，越不易躲避，份量越重，越打得遠。

D、鐵沙

鐵沙是《劍．花．煙雨江南》中血雨門暗器，毒沙手魏奇使用。

10、絲類暗器

A、冰糖銀絲

冰糖銀絲是《九月鷹飛》中上官小仙暗器。

B、煙雨斷腸絲

煙雨斷腸絲是江左司徒獨門暗器。

11、鏢類暗器

A、三梭透骨鏢

三梭透骨鏢三分六寸長，《陸小鳳》中勝通所用暗器。

B、棱子鏢

這種暗器不但輕巧，而且好看，有時候可以插著當首飾，是深受女孩子喜歡的暗器。《白玉老虎》中上官憐憐、《七種武器之拳頭》中夜狼兵器。

C、飛鏢

《多情劍客無情劍》中千手羅剎暗器。

D、金錢鏢

《蕭十一郎》中牛掌櫃暗器。

12、香氣百毒

江南霹靂堂暗器，爆炸後煙硝粉末落下，開得正盛的牡丹忽然就已枯萎，一片片花瓣飄落，變成烏黑的。

13、奪命金錢

《劍．花．煙雨江南》中血雨門暗器，南宮良使用。

14、飛花旗

《七星龍王》中田詠花成名暗器。

15、箭類暗器

A、笑裏藏刀三暗器

笑裏藏刀三暗器是從背上飛出的三枝烏黑的短箭，讓人防不勝防。

《絕代雙驕》中哈哈兒暗器。

B、袖箭

《多情劍客無情劍》中千手羅剎、《蕭十一郎》中牛掌櫃暗器。

C、低頭緊背花裝弩

《蕭十一郎》中牛掌櫃暗器。

16、五芒珠

《多情劍客無情劍》中千手羅剎暗器。

17、燕子飛靈三絕

燕子飛靈三絕形如筒狀，一筒有十三發，可放在衣袖中攜帶。

《楚留香新傳之午夜蘭花》中燕沖霄暗器。

18、飛煌石

《蕭十一郎》中牛掌櫃暗器。

19、金鐲

《楚留香新傳之借屍還魂》中薛笑人暗器。

五、槍

1、鏢槍

鏢槍是一種很像鏢的槍頭，也就是一種很像槍頭的鏢，可拿在手上做武器，也可以發出去做暗器。

這種武器武林中並不常見。《拳頭》中狼山的狼人所用。

2、金槍

金槍也叫蛇槍。槍的外形削銳，槍尖鋒利，槍桿修長，拿在手裏不動時，就能給人一種毒蛇般靈活兇狠的感覺。

據說這桿槍本來是用黃金混合精鐵鑄成的，不但比普通的鐵槍輕巧，而且槍身還可以隨意彎曲。所以金槍用的槍法，也獨具一格，與眾不同。

《霸王槍》中金槍徐的槍法，也叫蛇刺，他們家傳的槍法，本有一百零八式，金槍徐又加了四十一式，變成蛇槍一百四十九式。蛇刺中有三招殺手——「毒蛇出穴」、「盤蛇吐信」、「蛇尾槍」。

《碧血洗銀槍》中金振林使用的也是金槍，槍不重，是家傳的犁花槍，起的是輕靈一路。

3、霸王槍

霸王槍槍長一丈三尺七寸三分，重七十三斤七兩三錢，招式只有十三式。

霸王槍的槍尖是純鋼，槍桿也是純鋼。這種長槍本來只適於兩軍對陣，若用與武林高手比武較技，就不免顯得太笨重。也因爲這桿槍的份量太重，力量太大，槍的本身，就能帶動起一種力量，借力使力，自己的力量用得並不多，但要閃避就很不容易，所以採取守勢的一方，用的力氣反而比較多。

《七種武器之霸王槍》中王大小姐兵器。

4、鉤鐮槍

鉤鐮槍是外門兵刃，《畫眉鳥》中屠狗翁所用。

5、鞭子槍

《陸小鳳傳奇》中閻鐵珊手下使用，是一種非常精巧的外門兵器。

6、長槍

長槍有一丈四尺長，如一桿有如藤蛇般的長槍，從槍尖到槍桿，竟赫然全都是百煉精鋼打成的，《劍·花·煙雨江南》中龍剛兵器。

《多情劍客無情劍》中趙正義也使用長槍。

《蕭十一郎》中龍一閃的長槍也是一丈四尺，卻又配合軟劍使用，這樣兩種兵器一長一短，一剛一柔，一攻一守，能立於不敗之地。

7、雙槍

在槍法的名家眼中看來，雙槍簡直就不能算是一種槍，就好像一個手上長著七根手指的人並不見得比只有五根指頭的人武功更高一樣。《七種武器之孔雀翎》中高立兵器。

8、鏈子槍

鏈子槍是一種很犀利也比較難練的外門兵器。

《歡樂英雄》中康同兄弟、《多情劍客無情劍》中孫逵使用。

9、銀槍

《多情劍客無情劍》中龍嘯雲兵器。

《碧血洗銀槍》中邱鳳城兵器。

《絕代雙驕》中邱清波兵器。

10、鏈子銀槍

《絕代雙驕》中兵器。

六、兵器拾遺

1、鉤類兵器

A、離別鉤

離別鉤的故事有三個版本。

（1）應無物版：

楊恨的武功就像他的人一樣，偏激狠辣，專走極端。他的武器也是種專走偏鋒的兵刃，和江湖中各門各派的路數都不一樣，江湖中也從未有人用過那種武器。一柄鉤，卻又不是鉤。因為那本來應該是一柄劍，而且是應該屬於藍一塵的劍。

藍一塵平生最愛的就是劍，那時候他還沒有得到藍山古劍，卻在無意中得到一塊號稱「東方金鐵之英」的鐵胎。那時江湖中能將這塊鐵胎剖開，取鐵煉鋼淬劍的人並不多。藍一塵找了多年，才找到一位早已退隱多年的劍師，他一眼就看出了這塊鐵胎的不凡，而且自稱絕對有把握將它淬煉成一柄吹毛斷髮的利器。

他並沒有吹噓，七天之內他就取出了鐵胎中的黑鐵精英。煉劍卻最少要三個月。藍一塵不能等，他已約好巴山劍客論劍於滇南華山之巔。這時候他已經對這位劍師絕對信任，所以留下那塊精鐵就去赴約了。那時他還不知道這位劍師之所以要退隱，只因爲他有癲癇病，時常都會發作，尤其是緊張時更容易發作。

煉劍時一到爐火純青，寶劍已將形成的那一瞬間，正是最重要最緊張的一刻，一柄劍是成敗利鈍，就決定在那一瞬間。這次他竟將那塊精鐵煉成了一把形式怪異的四不像。既不像刀，也不像劍．前鋒雖然彎曲如鉤，卻又不是鉤。藍一塵大怒之下，就逼著那位劍師用他自己煉成的這樣怪東西自盡了！藍一塵又憤怒、又痛心，也含恨而去，這柄怪鉤就落在附近一個常來爲劍師烹茶煮酒的貧苦少年楊恨手裏，誰也想不到他竟用這柄怪鉤練成了一種空前未有的怪異武功，而且用它殺了幾十位名滿天下的劍客。

（2）藍一塵版：

邵大師是位劍師，楊恨是他的弟子。邵大師因爲煉壞了藍一塵的神鐵而含羞自盡，藍一塵將邵大師埋葬了，覺得那柄鉤已經是廢物，所以將離別鉤送給了楊恨，楊恨卻一直覺得欠了藍一塵一份情，因此當他知道武當七子與藍一塵有宿怨，就先殺了七子中的明友和明非。可是楊恨卻中了無根子一著內家金絲綿掌，最後死去。江湖中人都以爲那位劍師是被藍一塵逼死的，除了應無物之外，沒有人知道藍一塵和楊恨的交情。

（3）磨刀老人版：

楊恨得到離別鉤時的年紀比楊錚還小，還在學劍，學用劍，也學煉劍，他的師傅邵空子劍術雖不佳，煉劍的功夫卻可稱天下第一。可惜楊恨志不在煉劍，所以邵大師的煉劍之術也就從此絕傳了。楊恨生前也常以此爲憾，常常對楊錚說，他學的如果不是搏擊之術而是煉劍之法，這一生活得必定愉快得多。

磨刀老人去訪邵大師，爲的就是要去替他相一相他那柄新煉成的利劍靈空。靈空是柄凶劍，劍身上的光紋亂如蠶絲，劍尖上的光紋四射如火，是柄大凶之劍，佩帶者必定招致不祥，甚至會有家破人亡的殺身之禍。所以邵大師立刻就將那柄劍毀了，再用殘劍的餘鐵煉成一柄其薄如紙的薄刀。薄刀被應無物用一柄殘缺的古人劍譜換去了。

據說那本劍譜左邊一半已被焚毀，所以劍譜的每一個招式都只剩下半招，根本無法煉成劍術。那本劍譜從邵大師手裏傳給了楊恨，楊恨的武功就是以它練成的。

因爲那本劍譜的招已殘缺，練劍雖然不成，用一種殘缺而變形的劍去練，卻正好可練成一種空前未有的招式，每一招都完全脫離常軌，每一招都不是任何人所能預料得到的。所以它一招發出，也很少有人能抵擋。以殘補殘，以缺補缺，有了那本殘缺不全的劍譜，才會有這柄殘缺不全的劍。

這種巧合不是天意，而是邵大師的意思。因爲他已經有了那本殘缺不全的劍譜，所以才故意煉成那一柄殘缺不全的劍，留給他唯一的弟子。他自己的劍術不成，能夠讓他的弟子成爲縱橫天下的名俠，他也算求仁得仁，死而無憾了，所以他才不惜以身相殉。

最後的結果是邵大師無心中鑄造了這柄鉤，卻因此而死，死在藍一塵手裏。現在藍一塵卻又被這柄鉤所傷，這柄鉤本來也是不祥之物，就像是個天生畸形的人，生來就帶有戾氣，所以它一出爐，鑄造它的人就因此而死。楊恨雖然以它縱橫天下，但是一生中也充滿悲痛不幸。

名家鑄造的利器也和人一樣，不但有相，而且有色。久久不飲人血，就會有饑色。楊錚用離別鉤傷了藍一塵，離別鉤的戾氣已經被藍一塵的血化解了。因爲藍一塵本來應該是它的主人，卻拋棄了它。他雖然沒有殺邵大師，邵大師卻也算因他而死的，他已經在這柄鉤的精髓裏種下了充滿怨毒與仇恨的暴戾不祥之氣，只有用他自己的血才化解得了。

這種說法實在很玄，可是其中彷彿又確實有一種玄虛奧妙之極的道理存在，令人不能不信。所以磨刀老人說這一切都是天意，天意要成全楊錚，因此楊錚用離別鉤無論要去做什麼，無論要去對付什麼人，都絕對不會失敗的。

B、捉魂如意鉤

捉魂如意鉤似鉤非鉤，似爪非爪，握手處如同護手鉤，帶著月牙，黑黝黝的桿子，卻如狼牙棒，帶著無數倒刺，頂端卻是個可以伸縮的鬼爪，爪子黑得發亮，帶著劇毒。捉魂如意鉤的桿子裏，還裝著機關，只要在握手處輕輕一按，鬼爪就可直射而出，鬼爪上帶著四尺練子，三尺六寸長的如意抓，可變爲七尺六寸長。

《楚留香》中白玉魔所用兵器。

C、梅花鉤

梅花鉤乍看似鉤，但鉤頭卻是朵梅花，《絕代雙驕》中兵器。

D、雙鉤

雙鉤是《多情劍客無情劍》中上官金虹手下兵器。

E、虎頭鉤

《絕代雙驕》中兵器。

2、一口箱子

這口箱子是十三種武器的精華。這十三種武器是巴山顧道人的綠柳劍；黃山隱俠武陵樵用的宣花大斧，淨重七十三斤；鐵鏈飛鐮殺人如割草，是柄又像是槍又不是槍的武器，因爲槍頭上的不是槍尖，是柄鐮刀，還用條鐵鏈子掛住，這件武器據說是來自東瀛的，招式詭秘，中土未見；一對判官筆；一雙娥眉刺；一柄跨虎藍；一把吳鉤劍；一隻鉤鐮槍；一筒七星針；一把波斯彎刀和一根白蠟大竿子。

看起來箱子裏只不過是些支離破碎的鐵塊鐵管和鐵片而已。可是世上所有的武器本來都只不過是一些零碎的鐵件，一定要拼湊在一起之後，才會成爲一種武器。就算是一把刀，也要有刀身、刀鍔、刀柄、刀環、刀衣，也要用五種不同的東西拼湊在一起，才能成爲一把刀。

這口箱子裏的那些鐵件，可拼湊出十三種武器，十三種不同的武器。用十三種不同的方法，拼湊出十三種不同形式的武器來；可是每一種形式都和常見的武器不同，因爲每一種形式至少都有兩三種武器的功用。這些武器所有的招式變化精華所在，全都在這口箱子裏。

3、拐類兵器

A、刀中拐

刀中拐是《離別鉤》中倪八太爺威鎮江湖的獨門絕技。一把柳葉刀，一把鑌鐵拐。刀中平拐，拐中平刀，一剛一柔，剛柔並濟，一攻一守，攻守相輔。刀中拐有一招「天地失色」，是一招要和對方同歸於盡的拚命招式，有缺點，有空門，但是攻勢卻凌厲之極。

B、**龍頭拐杖**

龍頭拐杖長九尺，內藏短劍，可用最輕盈的一種劍法，「分花拂柳」是其中的一招。

《歡樂英雄》中玉玲瓏兵器。

C、**鑌鐵鴛鴦拐**

鑌鐵鴛鴦拐一長一短，是種很難練的外門兵器，而且其中還可以夾帶暗器。

《蕭十一郎》中歐陽文伯兵器。

4、蠍尾

蠍尾是一放大了十幾倍的蠍子毒尾，長長的，彎彎的，似軟實硬，又可以隨意曲折。最可怕的是，這兵刃由頭到尾，都帶著鉤子般的倒刺。

《多情劍客無情劍》中藍蠍子所用的兵器。

5、量天尺

量天尺本是一塊磁鐵，是一種非常特別的外門兵器，尤其是那一種吸力，往往使對手不知所措。

6、旱煙袋

旱煙袋通常只不過是點穴、打穴的兵器，用的招式跟判官筆點穴差不多。卜戰用的旱煙袋卻不同，他的旱煙袋有五尺一寸長、五十一斤重，不但有長槍大戟的威力，其中居然還夾雜著鐵拐、金鐵鞭、巨石一類重兵器的招式，是一種霸道的外門兵器。

《拳頭》中卜戰所用兵器。

7、鐵膽

《絕代雙驕》中兵器。

8、鐵琵琶

鐵琵琶是精鐵所鑄，分量很重，就是力氣極大的人，也難舞動自如。使用時雙手捧著琵琶，迎、截、碰、撞、砸，招式又古怪，又詭秘，而且速度還很快。只因琵琶很大，只要微微移動，琵琶的變化就很多，但鐵琵琶卻招招俱是守勢。

《楚留香之大沙漠》中琵琶公主所用兵器。

9、手

A、金剛不壞，大搜神手

金剛不壞、大搜神手練成後，雙手竟可以忽然變得像金屬般堅硬，手在燈下發著光——並不是他的手在發光，是一雙金屬般銳利，卻又像冰一般透明的手套。

《九月鷹飛》中上官小仙殺人用的利器。

B、紅魔手

「青魔日哭，赤魔夜哭，天地皆哭，日月不出。」

紅魔手是伊夜哭所用，它比青魔手製作得更精巧，招式也更怪異毒辣，使用時一道道鮮紅色的光芒閃動，夾帶著種令人作嘔的血腥氣。

紅魔手雖然比青魔手更要惡毒靈巧，但伊夜哭這個人卻既沒有氣魄，也沒有人性，他看起來雖然是孤高驕傲，其實卻是個花言巧語、投機取巧的人，因此紅魔手輕易的就被郭定打敗。

C、呂迪的手

呂鳳先是個很驕傲的人，百曉生在作兵器譜時，將他的銀戟排在第五位，在別人說來已是種光榮，但對於呂鳳先這種人來說，卻是一種奇恥大辱。

呂鳳先絕不能忍受自己屈居他人之下，但是他也知道百曉生的這種排名有一定的道理，因此他毀去了自己的銀戟，要將自己的右手練成了種武器。

D、柳分分的第三隻手

柳分分被齊肘砍斷的手臂裏有一根烏黑的鋼絲，鋼絲上可以接上十三件鐵器，她的手臂最後接成了一條怪異而奇特的鐵臂。這十三件鐵器，每一件的形狀都很怪異，有的看來環扣，有的看來如骨節，最後一節是一個鋼爪。

E、宋老夫子的「另外一隻手」

爲了對付柳分分的鐵手，宋老夫子說自己也有另外一隻手。

宋老夫子一雙枯乾的手，不僅顏色會變，形狀也會變。本來毫無血色的手，可以在忽然間變得血紅，本來枯瘦無肉的手，忽然變得健壯有力，就好好像一對空皮囊中，忽然被塞入了血肉。

正當柳分分全力注意宋老夫子的那一雙血紅的手時，宋老夫子的搭檔嚴正剛卻趁柳分分不備，卸下了柳分分的鐵臂。

所以說宋老夫子的另外一隻手是嚴正剛。

F、血手

血手是一雙以百毒之血淬金煉成的手套。

《絕代雙驕》中杜殺兵器。

10、棒類兵器

A、狼牙棒

狼牙棒是一種江湖中很少見的兵器，它太重，太大，攜帶太不方便，運用起來也很不方便，兩臂如果沒有千斤之力，連玩都玩不轉。

《七種武器之離別鉤》中野牛、《蕭十一郎》中鄭剛兵器。

B、魚鱗紫金滾龍棒

魚鱗紫金滾龍棒有與眾不同的招式，而且龍嘴裏還藏有一柄薄而鋒利的龍舌劍。

《陸小鳳傳奇》中「雲裏神龍」馬行空兵器。

C、鑌鐵棍

《陸小鳳傳奇》中閻鐵珊手下使用。

D、金絲夾藤軟棍

金絲夾藤軟棍有四尺二寸長，《多情劍客無情劍》中田七兵器。

E、十方如意棒

十方如意棒一尺三寸長，漆黑無光華，看不出有什麼奇特的地方，但卻有一種奇異的力量，可以吸暗器。

《九月鷹飛》中衛八太爺兵器。

F、鐵棍

鐵棍三尺多長，可當劍使用，《蕭十一郎》中軒轅三缺兵器。

G、短杖

短杖長只有三四尺，《歡樂英雄》中「金羅漢」鐵松大師兵器。

H、明杖

明杖是用百練精鋼打造的，杖中還可藏毒煙。

《蕭十一郎》中謝天石等人兵器。

I、竹杖

《蕭十一郎》中逍遙侯兵器。

11、劍靴

精緻小巧的靴子裏有一塊三角形的鋼鐵，藏在靴子的尖上，這種靴子就叫做「劍靴」，就好像藏在袖中的箭一樣，這種靴子也是種致命的武器。

穿這種靴子的女人，通常都練過連環鴛鴦飛腳一類武功。

12、鐵笛

鐵笛中可發暗器，鐵笛先生兵器。

13、雷公鑿

雷公鑿招式精奇，無論水裏陸上都可運轉如意，《蕭十一郎》中雷滿堂使用。

14、鞭類兵器

A、霹靂鞭

江南霹靂堂海東開兵器，是威懾天下的兵器，後來孔雀翎出來，聲勢開始減弱。

B、銀絲長鞭

銀絲長鞭是一條九尺銀絲長鞭，使用時滿天銀光灑起。

《絕代雙驕》中沈輕虹兵器。

C、烏梢鞭

烏梢鞭鞭長四丈，《劍・花・煙雨江南》中歐陽急兵器。

D、烏梢馬鞭

《七種武器之孔雀翎》中馬鞭兵器。

E、九現神龍鬼見愁

「九現神龍鬼見愁」看上去像是條金龍，龍的角左右伸出，張開的龍嘴裏，吐出一條碧綠色的舌頭，像是條金龍鞭，卻一件兵刃兼具九種妙用。

九現神龍鬼見愁有一對，《絕代雙驕》地下宮闕中兵器，被小魚兒毀去。

F、長鞭

《楚留香傳奇之血海飄香》中黑珍珠兵器。

《蕭十一郎》中人上人的兵器長鞭長達四五丈。

15、筆類兵器

A、乾坤筆

乾坤筆是《拳頭》中西門勝兵器。

B、黑鐵判官筆

黑鐵判官筆是《陸小鳳傳奇》中鐵面判官兵器。

C、判官筆

《絕代雙驕》中蕭子春、《多情劍客無情劍》中上官金虹手下兵器。

16、爪類兵器

A、青獅爪

青獅爪兵刃長僅九尺，瑩瑩發光，看來有如數隻無柄的銅叉，只是叉身卻彎曲如爪。青獅爪共有一百零七抓，抓、撕、鉤、纏、扯、絞、封等，是武林罕見的外門功夫，令人難以抵擋，喬五所用。

B、鐵鷹爪

鐵鷹爪是用純鋼打成的奇形外門兵刃，看來有點像雞爪，又不是雞爪鐮。是淮南鷹爪門的獨門兵刃。

《白玉老虎》中王漢武所用。

《楚留香新傳之借屍還魂》中花金弓也使用鐵鷹爪作兵器。

C、雞爪鐮

《絕代雙驕》中十二星相、《陸小鳳傳奇》中閻鐵珊手下兵器。

《絕代雙驕》中還有另一種奇形的外門兵刃，就是雞嘴啄。雞嘴啄似花鋤，如鋼啄，也是十二星相的兵器之一。「星雞啼星」是雞嘴啄中的一招。

17、珠類兵器

A、鐵念珠

《大人物》中無色大師兵器。

B、**佛珠**

《多情劍客無情劍》中心眉大師兵器。

18、**袖類兵器**

A、**流雲鐵袖**

出家人身旁不便攜帶兵刃，因此一雙長袖，通常就是他們的防身利器。「流雲鐵袖」原是武當絕技，卻不如少林門下的袖上功夫，亦可柔，柔可卷奪對方掌中兵刃，還能一袖震斷對方心臟。

B、**少林鐵袖**

少林鐵袖《多情劍客無情劍》中心眉大師所用。

19、**弓類兵器**

A、**金背鐵胎弓**

金背鐵胎弓是《白玉老虎》中黑婆婆、黑鐵漢兵器。

B、金弓銀丸

《蕭十一郎》中厲青鋒兵器，銀丸有龍眼那麼大。

C、金弓神彈

金弓神彈是《歡樂英雄》中金大帥兵器，連弓金彈一發二十一顆。

D、金弓銀彈

《楚留香新傳之借屍還魂》中花金弓的金弓不但可發銀彈，而且弓柄如初月，兩端卻可作點穴撅用，還可以變爲棍棒。

E、金弓銀箭

銀羽箭有三尺六寸長，《白玉老虎》中黑婆婆、黑鐵漢兵器。

20、閻羅傘

閻羅傘可阻擋暗器，無論是什麼力量射來的暗器，只要一觸及閻羅傘，都會立刻被震飛回去。《劍・花・煙雨江南》中趙飛柳使用。

21、斧類兵器

A、宣化大斧

《劍·花·煙雨江南》中閻羅斧兵器。

B、風雷斧

《七種武器之孔雀翎》中金開甲兵器。

22、閻羅索

《劍·花·煙雨江南》中兵器。

23、雙環

雙環是一種很難練的外門兵器，《歡樂英雄》中「惡鳥」康同兄弟所用兵器。

24、摺扇

摺扇折起時可作判官筆點的招式，打開後可由點變成面，其變化之精妙奇突，能令對手無法想像。

《歡樂英雄》中鬼公子兵器。

《蕭十一郎》中的「要命書生」史秋山也用摺扇做武器。

25、純鋼混元牌

《碧血洗銀槍》中馮超凡兵器。

26、鳳翅流金鏜

鳳翅流金鏜是一對，鏜上滿是倒刺。招式有「推山式」、「推穿望月」、「野馬分鬃」等。《多情劍客無情劍》中上官金虹手下兵器。

27、子母離魂圈

子母離魂圈這種兵器的招式變化最奇特，和所有的軟硬兵器都不同。因爲這種兵器既不長，也不短，既不軟，也不硬，若沒有十五年以上的火候，就很難施展。

《蕭十一郎》中歐陽文仲兵器。

28、十字鍬

十字鍬是東洋忍者經常佩帶在身邊的一種兵器。

《賭局・海神》中卜鷹使用。

古龍精品集 69

風鈴中的刀聲（下）

作者：古龍
發行人：陳曉林
出版所：風雲時代出版股份有限公司
地址：10576台北市民生東路五段178號7樓之3
電話：(02) 2756-0949　　傳真：(02) 2765-3799
封面原圖：明人出警圖（原圖爲國立故宮博物館典藏）
封面影像處理：風雲編輯小組
執行主編：劉宇青
行銷企劃：林安莉
業務總監：張瑋鳳
出版日期：古龍80週年紀念版2019年1月
ISBN：978-986-146-905-8

風雲書網：http://www.eastbooks.com.tw
官方部落格：http://eastbooks.pixnet.net/blog
Facebook：http://www.facebook.com/h7560949
E-mail：h7560949@ms15.hinet.net
劃撥帳號：12043291
戶名：風雲時代出版股份有限公司

風雲發行所：33373桃園市龜山區公西村2鄰復興街304巷96號
電話：(03) 318-1378　　傳真：(03) 318-1378
法律顧問：永然法律事務所 李永然律師
　　　　　北辰著作權事務所 蕭雄淋律師

行政院新聞局局版台業字第3595號 營利事業統一編號22759935

定價：240元　

國家圖書館出版品預行編目資料

風鈴中的刀聲 ／古龍著.　--　再版.　--臺北市：風雲時代，2012.07
冊；　公分
ISBN: 978-986-146-904-1（上冊：平裝）. --
ISBN: 978-986-146-905-8（下冊：平裝）. --
857.9　　101011781